AF440786

# UN SOPLO DEL INFIERNO

JOAQUÍN DOÑA 2022

# PRIMERA PARTE

## LA MUERTE DE UN LORD

## ESCOCIA 1899

Cuando apareció el cadáver, cosido a puñaladas, nadie podía imaginar el horror que encerraba aquella muerte tan siniestra.

El caserón de estilo victoriano en el que residía el segundo lord Daglish cumplía a la perfección las normas arquitectónicas y decorativas de ese estilo, con porches, balcones y torreones en el exterior y con interiores muy recargados, tanto en la decoración de las paredes, como en los muebles. Las habitaciones estaban repletas de pesadas cortinas, alfombras grandes y gruesas y cuadros de batallas, aunque de todo el conjunto emanaba una podredumbre física y moral difícil de explicar, si tenemos en cuenta el gran poderío económico de la familia.

El padre del asesinado, el comandante Daglish, quien recibió el título de noble tras su paso por la India, la ordenó construir mientras aún servía en la colonia, con intención de que estuviera lista para ser habitada a su regreso, algo que logró sin problemas (con dinero es más fácil que se cumplan tus deseos) y cuando llegó en olor de multitudes a la pequeña ciudad del centro de Escocia donde había nacido, siendo considerado un héroe, la inauguración de su nueva vivienda supuso todo un hito entre la población. El populacho fue invitado al almuerzo en los grandes jardines de la casa y ese fue el punto culminante de su estrellato, pues a partir de entonces todo fueron desgracias e infortunios, hasta convertir la mansión y los jardines en el conjunto ruinoso y descuidado que se apreciaba en aquellos momentos. Los bellos parterres de flores solo eran un recuerdo, porque ahora las malas hierbas y los arbustos salvajes se habían apoderado del entorno. Tenía el aire decadente del transcurrir del tiempo, cuando en realidad no llevaba construida tantos años. Daba la impresión de que la propia casa deseaba autodestruirse, para arrastrar consigo las múltiples miserias y malos recuerdos que encerraba entre sus paredes. Allí dentro ocurrieron cosas muy malas, que trajeron mucho dolor a la familia, y que de una forma u otra desencadenaron el asesinato del joven lord. La gente comenzó a contar cosas sobrenaturales acerca de ella, como que al acercarse por la noche se oían susurros apagados y extraños seres se asomaban por las ventanas del piso superior. Si me honráis leyendo la triste historia hasta el final comprobaréis que eso último era materialmente imposible, pero es que al personal le gusta tanto contar historias falsas y exagerar las verdaderas... Un caso muy representativo fue el de Edwin Craig, un borrachín de medio pelo que regresaba a casa, tras un cara a cara con diez pintas de cerveza, y pasó cerca de la mansión de los Daglish. Al día siguiente contó en la taberna que una preciosa dama surgió de repente y le ofreció sus favores, envuelta en gasas y misterio.

—¡Este se ha beneficiado a una de las cabras de Roy! —se burló uno de los parroquianos, haciendo referencia al pastor que solía llevar su ganado a comer cerca de los verdes pastizales próximos a la mansión.

Las risas atronaron en la taberna, pero Edwin no se amilanó y les mostró el secreto que guardaba, previendo que aquellos mentecatos se iban a reír de él.

—¿Y qué me decís del regalo que la dama me ofreció?

Les mostró un precioso broche de diamantes y las risas desaparecieron por completo. Lo de la dama gaseada les seguía pareciendo una bella utopía, propia de los efluvios del alcohol, pero, ¿cómo explicar que el viejo borrachín tuviera semejante joya?

Como es fácil de adivinar, el broche permaneció poco tiempo en sus manos, ya que era imbebible y le dio otra utilidad mucho mejor: un abono de cerveza para todo el mes, ofrecido por el tabernero, nuevo propietario de la bella joya... al que tampoco le duró mucho tiempo, pues recibió varias puñaladas y el broche desapareció.

¿Tenía algo que ver la muerte del tabernero con la del joven lord?

¿El borracho mentía o en verdad recibió el broche de manos de una dama joven que le ofreció sus favores?

Tal vez al final de la historia podamos llegar a alguna conclusión válida, o quizás todo quede a la imaginación del lector...

Los inspectores Rudiger y Sullivan fueron los encargados de llevar el caso. Acudieron a la llamada de la señora de la casa, hermana mayor del muerto, una mujer de aspecto lúgubre y formas duras, que no les dijo casi nada y se limitó a negar con un monosílabo cuando le preguntaron si había visto algún extraño por la zona.

—¿Vive alguien más en la mansión? —preguntó Sullivan.

—Ahora no —replicó ella con aspereza.

—¿No tiene servidumbre?

—No la necesito. Yo sola me basto para hacer los trabajos de la casa.

Ni que decir tiene que la respuesta les sorprendió bastante, pues eran muchas las habitaciones y demasiado el trabajo para una mujer sola.

También comprobaron que el arma del crimen había desaparecido, algo habitual, puesto que si se trataba de un ladrón, como todo hacía sospechar, era normal que se la llevara tras asesinar al lord.

—¿Ha mirado si falta algo? —quiso saber Rudiger, un pelirrojo alto y desgarbado, con fuerte acento escoces, de lo que se sentía muy orgulloso, hasta el punto de colocarse en las fiestas el kilt, la falda típica escocesa.

—No falta nada —respondió ella mostrando ningún tipo de vacilación.

—¿Está segura? —insistió Sullivan. Si descartaban el móvil del robo la cosa se complicaba sobremanera... y la principal sospechosa pasaba a ser la severa dama, según ella, única ocupante de la mansión.

Esperaron la llegada del juez para que ordenara el levantamiento del cadáver y regresaron a comisaria, pues nada quedaba por hacer allí, salvo esperar el informe de la autopsia y comenzar la investigación.

—Lo han apuñalado siete veces —comentó el forense al día siguiente y les entregó el informe, que ambos inspectores leyeron detalladamente.

El médico se marchó y el pelirrojo lanzó un suspiro.

—Este informe no aclara nada.

—Eso parece... Tendremos que regresar al escenario del crimen y hablar con la señora.

—No me apetece nada volver allí —reconoció Rudiger.

—Lo mismo digo. Ese sitio huele a muerte y algo oscuro ronda por los pasillos.

—¿Insinúas que la casa está encantada? —se estremeció el pelirrojo, pues como buen escoces, era bastante supersticioso. Aún recordaba las historias que le contaba su abuela materna sobre fantasmas y espíritus que rondaban por las viejas mansiones encantadas.

***"Lady Catherine Ramsay era una bella jovencita, que se enamoró de un joven que trabajaba en los establos. Como era indigno de su afecto, los padres de la chica le prohibieron que lo viera. Ella se negó a comer y murió de pena y desnutrición. Desde entonces por el castillo de Dalhousie se ve el fantasma de la joven recorriendo sus pasillos"***

La abuela era una excepcional narradora, de esas que saben hacer la pausa justa para crear el ambiente, y cuando más tranquilo estás pegan un grito que te pone los pelos de punta.

Y ahora venía su compañero a insinuar que la mansión de los Daglish estaba también encantada.

—No seas infantil —respondió un sonriente Sullivan—. Simplemente es que me he dejado llevar por la tenebrosa historia del hombre que ordenó construirla.

—¿El padre del muerto?

—Sí. El comandante Daglish participó activamente en la guerra contra los cipayos, formando parte de la columna de castigo del general Havelock.

—He oído hablar de esa columna y de cómo torturaban y asesinaban a los rebeldes.

—Y lo más increíble: contaban con el beneplácito de la sociedad inglesa, que exigían que devolvieran a sangre y fuego el mismo castigo que los rebeldes infligían a soldados y población civil europea. En cierta ocasión, leí una serie de artículos en la prensa que hablaba de las atrocidades cometidas por nuestras tropas, que en nada se diferenciaban de las que cometían los cipayos. Si no recuerdo mal, el nombre de lord Daglish aparecía en varias ocasiones.

—Pero si por aquella época aún no habías nacido... —le contradijo Rudiger.

—¿Sabes que existe una cosa que se llama biblioteca y que allí puedes leer la prensa de hace muchos años, y hasta libros si quieres? —ironizó su compañero, dejando entrever que el pelirrojo no era demasiado aficionado a la lectura.

—¿Esos artículos de prensa pueden ayudarnos a dar con el asesino?

—Quién sabe…

—Pues nada, no queda otra que acudir a la biblioteca y consultar esos archivos.

—¡Ánimo hombre, que no duele!

—Muy gracioso…

Necesitaron más tiempo del previsto para leerlos todos, ya que el corresponsal de guerra que los escribía era un escritor en ciernes y vestía adecuadamente cada párrafo. A los hechos, sumaba sus opiniones personales y sus vivencias del día a día, convirtiendo los artículos en una especie de diario escrito al concluir la contienda.

Los dos inspectores leyeron con avidez, pasando de puntillas por los inicios de la guerra, y se centraron en lo que de verdad les interesaba: la historia de los dos oficiales del ejército británico, el comandante Daglish y el teniente Pandey, un cipayo originario de Uttar Pradesh. Fue de los pocos aborígenes en alcanzar el rango de oficial.

—Mejor lee tú en voz alta y así nos enteramos los dos —sugirió Rudiger.

—Te recuerdo que estamos en una biblioteca y el silencio debe ser absoluto.

—Pues busquemos un rincón apartado donde no molestemos a nadie.

Lo hicieron y Sullivan pudo leer en voz algo más alta

Cuando terminó la lectura de los artículos supieron que ya tenían un sospechoso.

# LA HISTORIA DEL PERIODISTA

*¡Qué bella ciudad!*
*En ella se combinan el encanto asiático con la modernidad introducida por los británicos. No me canso de recorrer sus calles y de visitar la catedral de Saint Paul, la primera construida en la India.*

El corresponsal continuó exponiendo las bellezas y virtudes de la magnífica ciudad, pero a los dos inspectores no les interesaba el turismo y el que leía fue al grano.

*Esta noche he sido invitado a la recepción que organiza la Compañía Británica de las Indias Orientales. No dispongo de la indumentaria necesaria para asistir a tan regio acontecimiento, aunque confío en que me permitan la entrada. He quedado en la puerta con Pandey, primer hindú en alcanzar el grado de teniente, a quien precisamente entrevisté cuando le dieron el ascenso y desde entonces hemos mantenido un estrecho contacto.*

Más explicaciones sobre el tema y llegó el momento de reunirse con algunos de los invitados, en concreto con un comandante...

*El comandante Daglish, natural de Escocia, charlaba animadamente con varios políticos locales, vestidos con ropas tradicionales, cuando Pandey y yo nos acercamos. Daglish mostró su afecto al teniente y todos se mostraron interesados cuando les dije que era periodista. Mi periódico tenía una tirada considerable y en la India todo el mundo lo leía.*

*—Se comenta que existe cierto nerviosismo entre los cipayos que sirven en su ejército —aseguró un rico comerciante y yo percibí el tono de desprecio que utilizó al nombrar a los soldados de origen hindú, que los británicos utilizaban como tropa de choque.*

*—Simples habladurías —replicó Daglish—. La tropa siempre está descontenta con todo.*

*—Pero en este caso parece mucho más serio —rebatió un hombre que pertenecía al grupo de los chatrias, el complicado sistema de castas por el que se rige la sociedad hindú.*

*Esta parte merece especial atención y voy a explicarla detalladamente, porque aclarará lo que sucedió algo después.*

*Existen cuatro grandes castas, que según el hinduismo, forman parte del cuerpo de Brahma, la clase dominante son los brahmanes y salieron de la boca del dios y la más baja, formada por obreros y esclavos, proceden de los pies. Luego están los dalits, que quedan fuera del sistema. Son tan bajos como los perros y deben recoger excrementos humanos con las manos para sobrevivir. Y por último los invisibles, que no pueden salir a la calle durante el día, bajo amenaza de ser encerrados en una celda hasta morir de hambre. El varón es el ser supremo de la creación y sobre él gira todo. La ley dicta que nadie puede aspirar a cambiar de casta durante su vida. Solo si cumples con el cometido que se te otorga y te portas bien, podrás reencarnarte en un ser de una casta superior…*

—No conocía todos esos detalles que narra el periodista —comentó Rudiger, interrumpiendo la lectura de su compañero—¿A ti que te parece?

—Que algún listo inventó un sistema para evitar que los pobres se subleven y acepten con resignación su destino, a la vez que someten y humillan a las mujeres, evitando que puedan intervenir en la toma de decisiones, reservándoles el papel de madres y amantes.

—¿Eso no es parecido a lo que hacen casi todas las religiones?

—En realidad, sí. Solo ellas son lapidadas por adulteras, no pueden acceder a oficios y celebraciones reservadas únicamente a los hombres, se les impide votar y portar en procesión al Cristo Crucificado, o impartir misa. Otras religiones las consideran impuras, y en general no pueden estudiar una carrera sin el permiso de padres o maridos.

—Será mejor que retomes la lectura de los artículos de prensa o no acabaremos nunca —sugirió el pelirrojo, viendo que se estaba haciendo tarde y la conversación los apartaba peligrosamente del caso que les ocupaba.

*Una vez explicado el complicado sistema de castas regreso al momento de la conversación en que el político argumentaba porque consideraba que la situación era mucho más seria que en otras protestas anteriores.*

—*Se habla de que la tropa no quiere morder los cartuchos para abrirlos, porque creen que están engrasados con grasa de cerdo y vaca, animales sagrados para hindúes y prohibidos para los musulmanes.*

—*Para evitar el descontento se ha cambiado el protocolo y ahora se permite romper la punta del cartucho con la mano, en lugar de morderlo —explicó Daglish algo molesto. De buenas ganas le habría dedicado un comentario despectivo al respecto, pero se contuvo, porque tenía órdenes de apagar incendios, no de provocarlos, ya que era cierto que el ambiente en algunos cuarteles estaba caldeado y se hablaba de una posible revuelta.*

*—Y no es menos cierto, comandante, que los hombres de su ejército de origen hindú reciben una paga muy inferior a la de sus compañeros ingleses y son vejados e insultados por los oficiales británicos —aseguró un tercer comerciante.*

*Daglish carraspeó nervioso, pues aquello, más que una conversación, parecía una encerrona.*

*—Son casos aislados que se investigan y sancionan como marca la ley militar —intervino Pandey para echarle un cable a su apurado comandante.*

*Pero los contertulios no estaban dispuestos a aflojar su presa.*

*—También se dice que están muy preocupados por las noticias que reciben de sus familiares, cuyo único sustento son las pequeñas explotaciones agrícolas de arroz, maíz y cereales, que la Compañía Británica de las Indias les ha obligado a sustituir por café y té, mucho más productivas, aunque ello suponga matar de hambre a esa pobre gente.*

*—Los casacas rojas les obligan a desplazarse a la guerra de Birmania, desoyendo sus quejas.*

*—¿Qué tipo de quejas? —preguntó Daglish, cada vez más molesto con el rumbo de la conversación.*

*—La ley dice que aquellos que crucen las aguas negras perderán su casta.*

*—¡Tonterías! —exclamó, perdidas paciencia y amabilidad—. Si hiciéramos caso a vuestras retrogradas leyes, la India regresaría a la época medieval. Me consta que muchos de esos que alardean de respetar esa ley de la que habla piensan que las máquinas de vapor son demonios sobre ruedas. ¿Y qué me dice del "sati" que obliga a la viuda a inmolarse en la pira funeraria de su marido? Son costumbres bárbaras que hemos de erradicar.*

*Se estableció un opresivo silencio, que fue roto por el teniente.*

*—Tengan en cuenta que las tropas de cipayos están formadas por 200.000 hombres y es normal que existan choques entre ambas culturas.*

*—Que bien habla, teniente. No me extrañaría que pronto lo ascendieran a capitán —proclamó el político en tono despectivo y la reunión se disolvió, quedándome a solas con Pandey. A simple vista se notaba que el último comentario le había dolido profundamente.*

*La orquesta se arrancó con un vals, dando comienzo el baile. Los caballeros solicitaban a las damas que les concedieran el siguiente y casi enseguida se llenó la pista de danzantes.*

*—¿No baila, teniente? —le pregunté a Pandey, al percatarme de que no tenía intención de acercarse a las damas, siendo como era guapo y apuesto.*

*—No está permitido —respondió con aspereza y yo quise decirle que otros tenientes ya bailaban con bellas damas, pero entonces comprendí. Comprendí que aquel oficial hindú era un paria para los británicos y un traidor para su gente.*

*Me sentí muy apenado y fui a por otra copa de oporto, aunque no llegué muy lejos. La música se interrumpió y el general Havelock tomó la palabra:*

*—¡Señores! —gritó con voz estridente—. Los regimientos de caballería de bengala en Meerut se han sublevado —se escuchó un clamor de protesta y pude ver por el rabillo del ojo como los prominentes hombres de negocios, que tanto habían acosado a Daglish, se escabullían precipitadamente. Las ratas, da igual de que raza o color sean, son las primeras en abandonar el barco. Temían las posibles represalias por apoyar directa o indirectamente a los cipayos y corrían a esconderse hasta que escampara—. Estamos en guerra. Partimos de inmediato hacia Lucknow.*

*El nerviosismo recorrió la sala de parte a parte. Las mujeres veían preocupadas la marcha de hijos y maridos y estos últimos se las prometían muy felices, pues no hay nada como una guerra para ascender rápido y ganar honores. Luego, una vez metidos en harina, la cosa cambia y casi todos desean regresar a casa cuanto antes, cansados de muerte, dolor, noches frías y parásitos recorriéndoles el cuerpo.*

*—¿Puedo ir con ustedes? —le pregunté al comandante.*

*—No tengo potestad para conceder lo que solicita. Hable con el general.*

*Lo hice y Havelock accedió. Nunca viene mal un periodista que alabe tus éxitos.*

*El regimiento partió al día siguiente, y aunque los primeros días fueron de absoluta tranquilidad, los ánimos fueron exaltándose a medida que llegaban las noticias sobre la rebelión. Los cipayos mostraban un odio feroz hacia todo lo extranjero, cometiendo salvajadas y asesinando a todo europeo que se cruzaba en su camino, ya fueran ancianos, mujeres o niños.*

*Pronto encontramos los primeros restos de casas calcinadas y cadáveres descompuestos.*

*El rencor hacia los rebeldes se palpaba en el ambiente y no tardé en percatarme de que a Pandey lo trataban con desconsideración. Sus hombres obedecían las ordenes que les daba, pero a regañadientes, y los oficiales superiores rehuían su presencia. Si en la recepción me pareció un hombre roto entre dos mundos, ahora lo veía como un ser fantasmal que deambulaba por la Tierra como alma en pena.*

*A medida que nos fuimos adentrando en Uttar Pradesh la lucha se fue haciendo más encarnizada. Ese era el núcleo de la rebelión y las fuerzas en combate estaban muy igualadas. Lo que mis ojos veían era horrible y pensé suavizarlo en mis artículos, pero mi editor me envió una carta instándome a ser más expresivo. Yo que pensaba que el relato de una hacienda asaltada, con mujeres y niños torturados iba a ser excesivo para la recatada y puritana sociedad inglesa y ahora resultaba que su sed de venganza era tan grande que deseaban empaparse de todo lo que les llegaba para odiar con más fuerza.*

*¿Acaso no se dan cuenta de que no tenemos derecho a estar allí?*

Sullivan interrumpió la lectura y miró a su compañero.

—Este periodista los tiene bien puestos. Hacer ese comentario anticolonialista en plena guerra es de suicidas. No creo que su carrera prosperase demasiado al regresar a Inglaterra y aún me sorprende más que no le censuraran estos artículos.

—No regresó —explicó el pelirrojo.

—¿Cómo estás tan seguro?

—Porque aquí dice que murió de malaria en 1858.

Le mostró uno de los periódicos que había comenzado a leer él, antes de pedirle a Sullivan que leyera en voz alta, y su compañero comprobó que era cierto.

—Lo siento. Parecía un tipo sensato y de una innegable rectitud moral.

Continuó leyendo, pero ahora con la impresión de que estaba leyendo su epitafio.

*Como tampoco tenían derecho los españoles que llegaron al Nuevo Mundo, trayendo enfermedades contagiosas y represión sexual a los pobres indígenas, que antes de su llegada vivían felices fornicando cuando les apetecía y con quien les daba la gana, hasta que llegó un barbudo con una cruz diciéndoles que eso era pecado y se condenarían para toda la eternidad. Los soldados indígenas que sirven al Imperio Británico tienen derecho a revelarse contra la ocupación extranjera, y aunque no comparto la salvaje forma de hacerlo, entiendo su postura.*

*En un principio dudé en incluir en estos artículos las represalias que llevaban a cabo nuestros militares de la columna de castigo del general Havelock y mi editor volvió a exigirme toda la crudeza posible, para además de odiar a los rebeldes, como he comentado con anterioridad, recrearse con su sufrimiento. Los lectores, no solo no rechazaban la salvaje conducta de sus tropas, sino que además la aplaudían, demostrando que un país civilizado puede serlo únicamente de nombre. Lo que yo vi fueron crímenes contra la humanidad por ambas partes, aunque solo una parte recibió el castigo, confirmando una vez más que los vencedores imponen sus reglas y condiciones. Lo que para unos es una salvajada, para otros es legítima defensa, siendo ambas cosas lo mismo.*

*Cerca de Lucknow recibimos las terribles noticias que llegaban de Kanpur: los rehenes europeos fueron ejecutados y sus cuerpos arrojados a un pozo. Fue entonces cuando el general decidió aplicar el castigo conocido como EL VIENTO DEL INFIERNO, una crueldad innecesaria que provocaría más violencia. Si duro es que te quiten la vida, aún lo es más que te arrebaten el alma.*

*—¿Qué hacen? —le pregunté a un taciturno Pandey cuando vi que ataban a un grupo de prisioneros a las bocas de varios cañones.*

*—Matarlos dos veces. Los cañones destrozarán sus cuerpos y no podrán reencarnarse en su nueva vida.*

*Lo miré horrorizado.*

*—¡No pueden hacer eso!*

*—Los vencedores pueden hacer lo que les venga en gana.*

*Algunos prisioneros mantenían la calma, mostrando una pose orgullosa, pero otros lloraban y suplicaban clemencia.*

*—¡Es un castigo excesivo! —protesté ante Daglish y este ordenó que me echasen a patadas de allí.*

*Regresé junto al teniente cuando sonaban los primeros cañonazos y los cuerpos de aquellos infelices se volatilizaban. Pandey se mostraba imperturbable, aunque pude ver en aquellos ojos que algo se había roto en su interior.*

*Llegamos a Lucknow el veinticinco de septiembre, pero no logramos romper el cerco al que sometían a nuestras tropas. Tuvimos que esperar la llegada de más refuerzos y solo entonces se consiguió liberar la ciudad. Ver a aquellos hombres salir de sus refugios y trincheras, sucios, desnutridos, agotados física y mentalmente, pero felices, nos reconfortó sobremanera. Contaron que los rebeldes excavaron túneles para sorprenderlos por la espalda y el terror que provocaba esa posibilidad.*

*300 de los supervivientes eran cipayos, fieles a la corona, a los que trataron con el mismo desprecio que a los rebeldes, hasta que un sargento británico, que había compartido con ellos penalidades y sufrimientos, se plantó frente a un oficial de la columna de Havelock y dijo muy serio:*

*—Estos hombres han luchado con valentía y merecen un respeto. Si usted no es capaz de entenderlo no merece llevar ese uniforme. Si los desprecia a ellos me desprecia a mí y no voy a consentirlo.*

*El oficial vio ese peligroso brillo de determinación, que lleva a gente desesperada a cometer locuras, en los ojos de aquel sargento y se retiró sin pronunciar palabra. A partir de ese momento fueron tratados de manera digna.*

*El avance continuó hacía Delhi y nos unimos al asedio de la ciudad por parte de nuestras tropas, que ya duraba un mes. Llegaron refuerzos desde Crimea y China y con la ayuda de los temibles y sanguinarios gurkas, el pueblo originario de Nepal, que se mantenía fiel a la corona, tomamos la ciudad y capturamos al emperador mogol Bahadur Shah, cabeza visible de la rebelión. Fusilaron a sus tres hijos y le mostraron sus cabezas cercenadas. La ciudad fue saqueada por nuestras tropas, que también asesinaron a gran cantidad de gente, tanto combatientes, como civiles, en represalia por los europeos muertos a manos de los rebeldes. Parte de la ciudad fue arrasada a cañonazos, en otra estúpida demostración de bárbara incultura, ya que se destruyeron edificios históricos de valor incalculable.*

*La relación entre Daglish y Pandey era prácticamente inexistente. El cipayo se replegó sobre sí mismo y casi ni hablaba, para mi pesar, pues echaba de menos las conversaciones que manteníamos al inicio del viaje.*

*La situación era insostenible y por algún lado debía reventar…*

*Lo hizo dos días después, cuando presenciábamos el paso de un grupo de cipayos capturados, que al día siguiente serían ejecutados mediante el método del cañonazo. Havelock exigía que asistieran a las ejecuciones la mayor cantidad posible de ciudadanos, para que sirviera de advertencia ante futuras rebeliones. Los prisioneros pasaban cabizbajos y resignados a su suerte (muchos se habían suicidado antes de dejarse capturar, pues así evitaban el desmembramiento y podrían reencarnarse). La mayoría estaban heridos y se ayudaban unos a otros. Pandey tenía la mirada fija al frente, hasta que algo cambió y su rostro reflejó sorpresa y dolor. Daba la impresión de haber reconocido a alguien, aunque no hizo gesto alguno que lo delatase.*

*Nos separamos y ya no volví a verlo…*

*—¡Traédmelo vivo o muerto!*

*El grito del comandante Daglish resonó en el silencio de la noche.*

*Yo dormía en la tienda de campaña que me habían asignado, con su correspondiente camastro y una mesa plegable, donde colocaba mi máquina de escribir, una joya que no estaba al alcance de todo el mundo.*

*Asomé la cabeza y vi carreras desenfrenadas y gran tensión entre la tropa.*

*—¿Qué ocurre? —le pregunté a uno de los soldados.*

*—Uno de los prisioneros ha escapado —respondió sin detenerse y yo pensé que no era para tanto, pues herido y sin ayuda, no llegaría muy lejos.*

*—¡Ese bastardo pagará muy caro lo que ha hecho! —gritó Daglish y yo intuí que el berrinche que llevaba encima no podía deberse a la fuga de un anónimo prisionero. Aquello era mucho más profundo, del tipo de odio que embarga a una persona traicionada por su pareja.*

*Y no me equivocaba…*

*—El teniente Pandey ha ayudado a escapar al prisionero —oí que comentaban dos soldados y entonces comprendí.*

*Resultó que eran hermanos y el oficial no pudo aceptar que lo desmembraran, por lo que acudió al lugar donde estaban encerrados los prisioneros, llevando con él una orden falsa del comandante. Los centinelas creyeron que lo reclamaban para interrogarlo y lo dejaron ir sin poner ningún impedimento. Los dos hermanos desaparecieron y por mucho que buscaron no dieron con ellos, y eso que el propio Daglish ofreció de su bolsillo una fuerte recompensa por cualquier información que llevase a dar con el paradero del teniente traidor. Me consta que el comandante llevó esa espina clavada mientras permaneció en la India…*

—Ya tenemos al principal sospechoso del asesinato —comentó Rudiger, mientras su compañero cerraba el periódico y lo depositaba en la mesa. En el exterior había anochecido y eran muy pocos los ratones de biblioteca que aún permanecían en el interior del edificio.

—¿Tú crees?

A Sullivan no se le veía tan convencido.

—Por supuesto. Pandey ha venido a Escocia a vengarse de su comandante, y al comprobar que ya había muerto, ha asesinado a su heredero.

—¿Treinta y tantos años después de acabar la guerra? —preguntó, tratando de no mostrase irónico, ni de ofender a su poco intuitivo compañero—. Dicen que la venganza es un plato que se sirve frío, pero en este caso se podría hablar de auténtica congelación.

Y sin embargo, infravaloraba la persistente cabezonería del pelirrojo, hombre que no daba su brazo a torcer fácilmente y había que convencerlo hasta las últimas consecuencias.

—¿Y si no ha podido venir antes? Tal vez no tenía medios para comprar el pasaje y ha venido en cuanto lo ha conseguido.

—Lo dudo.

—Me temo que no queda más remedio que regresar a la mansión de los horrores.

—Por supuesto, pero hazme el favor de no confundir por segunda vez a la señora con el ama de llaves.

Rudiger soltó una carcajada, que retumbó como un trueno en el silencio de la sala, y recibió la mirada admonitoria del resto de lectores.

—Vamos fuera —aconsejó Sullivan.

Salieron.

—Tienes que reconocer que esa mujer parece una empleada de la casa. Viste toda de negro y su rígida expresión parece sacada de un cuadro medieval.

—En eso te doy la razón, ya que debe ser más joven de lo que aparenta. Ronda los cincuenta, etapa de la vida en la que una mujer alcanza la plena madurez, y su belleza y experiencia las hace muy deseables.

—A mí no me gustan tan maduras, no vaya a encontrarme alguna agusanada...

—Eres un caso... Y lo que más la envejece es su peinado, al estilo de las ancianas que solo les queda la esperanza de aguardar una muerte liberadora. Da la impresión de no desear que los hombres nos fijemos en ella.

—Tal vez le gusten las mujeres... —barruntó el pelirrojo.

—No seas imbécil —replicó su amigo con evidente enfado en el tono de voz—. Hay muchos otros motivos por los que una mujer no desea demostrar su feminidad.

—¿Cómo cuáles?

A Sullivan no le apeteció dar más explicaciones, consciente de que su compañero era algo corto de entendederas, y perdería el tiempo.

—Vamos.

Cogieron sus caballos y cabalgaron por segunda vez en dirección a la impresionante mansión, que en ese preciso momento, envuelta en la niebla como estaba, se asemejaba a un gigante surgiendo de la tierra.

El ama de llaves-señora de la casa, los recibió con su habitual frialdad. Sus ojos carecían de vida, como los de un animal de sangre fría, y los dos inspectores se sintieron profundamente incomodos.

—¿Qué desean? —preguntó con aspereza—. No puedo pasarme la vida abriéndoles la puerta, cada vez que no tengan otra cosa que hacer y les apetezca venir a molestarme.

—Tenemos que investigar el crimen, milady —respondió Sullivan, tratando de mantener la calma ante la evidente crítica hacia su trabajo que acababa de hacer la dama.

—No hay nada que investigar, inspector. A mi hermano lo ha asesinado uno de esos malditos hindús que se trajo mi padre de Calcuta.

—¿De quién habla, señora?

—Ayer nos dijo que no vivía nadie más en la casa y que no tenía sirvientes —intervino Rudiger, mucho menos paciente que su compañero.

—Y me ratifico.

—Entonces, ¿dónde duermen?

—En los establos.

—¿Cómo dice?

A Sullivan le pareció no haber oído bien.

—Lo ha escuchado perfectamente. Nunca permito que esos sucios bastardos entren en la casa. Duermen con las bestias, lugar apropiado para los de su especie.

—¿Son sirvientes? —insistió Rudiger, tan incrédulo como su compañero acerca de lo que estaba oyendo.

—¿No me ha oído?

El tono de voz de la dama era tremendamente cortante. Podría haber añadido "imbécil" a la pregunta y a ninguno de los dos policías les hubiese sorprendido lo más mínimo.

—Viven en las cuadras. Eso es todo —añadió, como si fuese lo más normal del mundo que dos seres humanos durmieran en una cuadra, habiendo tantas habitaciones vacías en la casa.

—Queremos hablar con ellos.

—Solo hablan conmigo —aseguró la dama, irritando profundamente al policía.

—Mire señora, no sé si se da cuenta de que estamos investigando un crimen y debemos interrogar a cualquier persona que haya tenido relación con la víctima.

—Entonces no hay problema, porque mi hermano jamás hablaba con ellos.

Rudiger parecía a punto de saltarle al cuello y tuvo que ser su compañero quien tomase las riendas de la conversación.

—Tal vez esos dos hombres hayan visto u oído algo —sugirió en tono neutro—. O pueden haber encontrado el arma homicida. Muchos asesinos suelen abandonarlas lo más lejos posible del escenario del crimen.

—En este caso, no.

La respuesta de la mujer de negro los dejó sin habla, pues de la seguridad con la que trasmitía el mensaje se desprendía que sabía mucho más del tema.

—¿A qué se refiere?

—A que el asesino la dejó junto al cadáver de mi hermano.

—¿Y por qué no la encontramos nosotros cuando vinimos la primera vez?

Ella se alzó de hombros.

—No me gusta ver cosas tiradas por el suelo y la dejé donde estaba.

La perplejidad de los dos inspectores rayaba el patetismo, ya que era imposible sentir más frustración que la que ellos sentían en aquel momento.

—¿Insinúa que tocó el arma del asesino?

—No era suya. La cogió de una vitrina del despacho, donde mi padre guardaba las armas y objetos que se trajo de la India. Esa daga, en concreto, pertenecía a los gurkas que sirvieron en su regimiento.

—¡No debió hacerlo! —exclamó un exasperado Rudiger.

—¿Por qué? Esta es mi casa y hago lo que quiero.

Sullivan le hizo un gesto a su compañero para que lo dejase estar. Aquella señora vivía en su egocéntrico mundo y nadie iba a convencerla de que existen protocolos que hay que respetar, aunque estés en tu casa. Estaba acostumbrada a hacer lo que le daba la gana y le importaba bien poco estropear las posibles pistas que el asesino hubiese podido dejar en el arma homicida (*).

—Enséñenos esa vitrina.

—No.

La categórica negativa de la señora les causó otro retortijón de estómago. Aquella investigación se estaba convirtiendo en una pesadilla por su culpa.

—¿Se niega a colaborar con la policía?

—No me niego a nada, pero ustedes llevan las botas manchadas de barro y la vitrina está en el despacho de mi hermano.

—¿Y cuál es el problema?

—La alfombra persa del suelo. Vale mucho dinero y no quiero que la manchen. Dejen aquí las botas y les mostraré el arma.

Obedecieron y también colgaron en la percha de la entrada sus abrigos mojados. Descalzos, y sintiéndose ridículos, siguieron a la señora de la casa.

El puñal era impresionante y temible, tanto por su longitud, como por su curvatura.

—Precioso, pero esta no es el arma utilizada por el asesino —reconoció Sullivan.

Ella se mostró indignada.

—¿Duda de mi palabra? —el inspector se mantuvo en silencio, dando a entender que dudaba por completo —¡Yo misma la recogí del suelo y lavé la sangre de su hoja!

(*)En aquella época aún no se había establecido el uso de las huellas dactilares como método de identificar a los delincuentes.

—Entonces el asesino trata de engañarnos a todos. Según la autopsia, el arma no era tan larga ni las heridas mostraban los desgarros típicos de un puñal con esta curvatura.

—¡Y yo le digo que el arma utilizada ha sido esta! —insistió obstinadamente—. Uno de esos malnacidos que duermen en el establo la robó y acuchilló a mi hermano.

—¿Por algún motivo especial?

Sullivan se percató de que Rudiger estaba en fase:" *Voy a tocarle los ovarios a esta mujer endemoniada"*, algo en lo que era todo un experto, como su compañero podía testimoniar, ya que a él se lo hacía habitualmente, aunque en ese caso a su parte masculina, claro está…

—¡Son gente cruel y asesina! —gritó ella fuera de sí.

—Tal vez si nos permitiera hablar con ellos sacaríamos algo en claro —intervino Sullivan viendo el mal cariz que tomaba el asunto.

—Hagan lo que quieran.

Se los quitó de encima con un gesto brusco y los dos inspectores salieron al exterior, tras calzarse de nuevo las botas. Los abrigos no los cogieron, pues era muy poca la distancia que los separaba del establo y apenas llovía. Ese gesto, irrelevante de por sí, tendría cierta trascendencia algo después, como en su momento comprobaremos.

La niebla se había apoderado del entorno y la visibilidad era casi nula.

No quiero ser repetitivo, pero ese detalle también tendría trascendencia algo después. Si lo hubiesen visto en aquel momento se habrían ahorrado muchos calentamientos de cabeza. El caso quedaría resuelto en el acto y ya no sería necesario entrevistarse con los dos hombres que vivían en el establo.

—¿Por qué ha mentido? —se preguntó Sullivan— ¿Y a qué se debe tanto interés en acusar a los dos hindús que se trajo su padre?

—¿Puede estar encubriendo al verdadero asesino?

—No lo sé, aunque ciertamente es una mujer muy extraña y no me cabe ninguna duda de que algún secreto encierra en su interior. Oculta algo y sabe bastante más del asesinato de lo que pretende hacernos creer.

Los dos hombres que dormían en el establo, al menos uno de

ellos, se llevaron un buen susto, pues no estaban acostumbrados a recibir visitas. Vestían ropas sucias y desgastadas y más parecían dos animalillos apaleados que seres humanos. Apenas hablaron, en primer lugar, porque los inspectores los coaccionaban con su presencia, y porque apenas conocían unas pocas palabras en inglés. Hablaban el *hindi,* idioma más utilizado en la India.

*"Por eso ha permitido que hablemos con ellos"*

Prefirieron dejarlos tranquilos por el momento, conscientes de que aquellos dos asustadizos hombrecillos serían incapaces de matar ni a una hormiga. Por supuesto que las apariencias muchas veces engañan, pero tanto Rudiger como Sullivan eran dos policías veteranos y creían conocer suficientemente a las personas para separar el grano de la paja.

El pelirrojo amaba a los caballos y recorrió el establo acariciando las crines de los magníficos ejemplares que tenían allí.

Salieron al exterior y se tomaron unos instantes antes de regresar a por sus abrigos.

—Dame un cigarro —pidió Rudiger.

—¿No dijiste que ibas a dejar de fumar?

—De los míos, pero si alguien me ofrece no puedo negarme.

—¿Si alguien te ofrece? —Sullivan sonrió—. Que cara más dura tienes...

Sacó la yesca y arrimó la brasa al cigarro de su gorrón amigo, el cual junto ambas manos para mejorar la combustión, ya que a la persistente niebla y la fina lluvia, se había sumado ahora un molesto viento frío que les hacía desear entrar cuanto antes a por sus abrigos.

Sullivan se disponía a guardar la yesca, cuando algo se movió a espaldas de su amigo.

—¡Alto! —gritó y echó a correr hacia el punto por donde había desaparecido la furtiva sombra.

Su compañero lo siguió y ambos comprobaron que no había nadie.

—Ahí tienes a tu fantasma —Rudiger sonrió mientras señalaba un arbusto que se movía al compás del viento—. Vámonos antes de que la niebla nos haga ver terribles gurkas asesinos por todas partes.

—Yo hubiese jurado... —Sullivan movió la cabeza en todas direcciones y finalmente tuvo que aceptar que su amigo tenía razón: la tensión que ambos sufrían, unido a la espesa niebla, le habían jugado una mala pasada.

Se dirigieron hacia la casa, y tras coger los abrigos, se despidieron de la señora.

—¿Han confesado el crimen? —ironizó ella.

—Volveremos —amenazó Sullivan, dándole a entender que no pensaban dejarla tranquila.

—Si vienen los martes o los viernes no los dejaré entrar. Esos días limpio a fondo la casa y no quiero gente rondando por aquí.

Rudiger la miró incrédulo, y cuando iba a decir algo, su compañero se lo llevó fuera.

—¡No la soporto! —declaró iracundo.

—Lo sé, pero esa guerra la dejaremos para mañana. Ahora solo quiero llegar al pub de Dickinson y tomarme un café caliente y muy cargado.

Regresaron al galope, pues los caballos conocían de memoria el camino sin obstáculos y no importaba que la niebla les impidiera ver a menos de un metro de distancia.

Tomaron asiento en los mullidos butacones del pub y pidieron los cafés.

—¡Maldita lluvia! —exclamó Rudiger, limpiándose a continuación con el pañuelo el moquillo que le caía—. La próxima vez pediré nacer en España.

—Veo que eres amante del país del sol.

—¡Y que mujeres! Las más bellas que puedas imaginar. Y el vino, y la comida...

—¡Vale, vale, no hace falta que me recuerdes lo triste que es mi vida al no poder disponer de todos esos lujos!

—Ojalá me hubiera quedado allí.

—¿Y por qué volviste a Escocia?

—Porque allí son demasiado clásicos en algunos asuntos. La primera vez que me puse el kilt tuve seis proposiciones de matrimonio, cinco de bromistas y una en serio del tonto del pueblo, que no hacía más que meterme mano por debajo de la falda.

Sullivan soltó una carcajada.

—La verdad es que tienes unas piernas preciosas.

—Muy gracioso... Y luego está el asunto de la diferencia de clases sociales. La gente se muere de hambre, ya que unos pocos caciques y terratenientes acaparan todas las riquezas. Sabes que no soporto las injusticias y en España abundan en demasía.

—Te recuerdo que mucha gente de nuestra tierra tiene que emigrar a los Estados Unidos para no morirse de hambre, y aquí de terratenientes también andamos bien servidos.

—Puede ser...

El pelirrojo terminó de limpiarse la nariz y devolvió el pañuelo al bolsillo, aunque en este caso lo metió en el lado contrario al que lo había cogido. Al dejarlo, su mano tocó algo y se mostró muy sorprendido. Parecía un papel, que desde luego él no había dejado ahí.

—¿Qué es esto? —lo extrajo de su bolsillo y comprobó que se trataba de una foto—. Cuando he cogido el pañuelo no estaba— comentó asustado.

—Antes de que tú también comiences a ver fantasmas por todas partes, te recuerdo que cogiste el pañuelo del bolsillo derecho y ahora lo has metido en el izquierdo. Esa es la explicación, tan simple como aburrida, y nada misteriosa.

Rudiger sonrió aliviado, pues en verdad comenzaba a creer que algo sobrenatural estaba pasando.

—Pero esta foto no es mía...

—¿Llevas en el bolsillo una foto de desconocidos?

Sullivan aún reía, aunque se puso inmediatamente serio cuando su compañero se la mostró. Se trataba de la típica foto familiar, doblada en tres partes para que cogiera en el bolsillo. Al desdoblarla se miraron desconcertados: un militar con el uniforme de los dragones posaba junto a sus (¿tres?) hijos, un joven, una chica y posiblemente una niña, ya que alguien había intentado borrar su rostro, consiguiéndolo parcialmente.

—¿El comandante Daglish y sus hijos? —preguntó el pelirrojo.

—Eso parece.

—¿Por qué han tratado de eliminar a la otra chica?

Sullivan no tenía respuesta y se mantuvo en silencio.

—¿Cómo la han borrado?

—Frotando con bicarbonato. Tendremos que regresar y preguntarle a la señora.

—¡Pero no será hoy! —se apresuró a comentar su compañero—. Está anocheciendo, y por mucho que te empeñes, yo no me meto de noche en esa tumba.

—De acuerdo. Esperaremos a mañana.

Apuraron los cafés y se fueron a casa.

—¿De dónde la han sacado?

El rostro de la dama amenazaba tormenta.

Los dos inspectores llegaron esa mañana y le mostraron la foto, pero antes de entrar oyeron que la señora le reñía a alguien:

*"—¡Ha escapado por tu culpa, estúpido!"*

Vieron salir precipitadamente a uno de los hombres que dormían en el establo y el mismo pensamiento cruzó por la mente de los dos policías.

*"¿No decía que jamás entraban en la casa?"*

Otra mentira de aquella extraña mujer.

Regresemos al momento en el que le enseñan la foto y ella los mira con dureza.

—Alguien la metió en mi abrigo —explicó Rudiger y en el rostro de ella aparecieron un sinfín de emociones, que iban desde la sorpresa hasta la ira.

—¡Miente!

El inspector parpadeó aturdido y su habitualmente pálido rostro se tornó púrpura.

*"¿Me ha llamado mentiroso?"*

Y la explicación de la dama aumentó el sonrojo:

—La ha cogido sin mi permiso.

Sullivan observó la congestión que mostraba el rostro de su compañero y tuvo que intervenir antes de que soltara una de sus barbaridades.

—Señora, esto puede hacerse de dos formas: si se niega a colaborar pediremos una orden judicial y registraremos la casa de arriba abajo y la llevaremos a comisaría para interrogarla, ya que ha mentido en varias ocasiones. La acusaremos de obstrucción a la justicia por tocar el arma del crimen, o para ser más exactos, por tratar de engañarnos sustituyéndola por otra.

Lo de que la llevaran a comisaria no le causó el menor efecto... porque ya le había causado bastante la posibilidad de que una nube de policías registrase la casa.

Que ocultaba algo cada vez estaba más claro...

—Díganos lo que sabe y no le causaremos más problemas— añadió Sullivan—. Y por otra parte, si no quiere hablarnos de la persona cuyo rostro han intentado borrar de la foto, no hay el menor problema. Seguro que el fotógrafo que la hizo tiene una copia. Hay muy pocos profesionales de la fotografía en la ciudad y será muy fácil dar con él.

—Era mi hermana Lilian —explicó la dama casi de sopetón, saliendo momentáneamente de su abstracción, y pareciendo casi humana durante un breve instante.

—¿Era?

—Murió poco después de hacernos esa foto.

—¿Estaba enferma?

En este caso no respondió.

—¿Por qué han intentado borrar su rostro? —intervino Rudiger, solo parcialmente recuperado del sonrojo que le provocó la acusación de robo.

—Eso tendrá que preguntárselo a la persona que lo hizo —replicó ella con su severidad habitual, demostrando que el policía pelirrojo no era santo de su devoción.

—¿Vive alguien más en la casa?

Esa pregunta ya se la habían hecho, pero Sullivan consideró apropiado repetirla, porque dudaba de la sinceridad de aquella mujer.

—No.

Ese "no" tan rotundo sonó precipitado y aún trajo más dudas consigo.

—¿Desean algo más?

Los estaba invitando a marcharse y así lo percibieron los dos inspectores.

—De momento, no —replicó Rudiger con un tono duro similar al que empleaba ella. No pensaba perdonarle que sugiriera que mentía cuando afirmó no saber cómo había llegado la foto a su bolsillo, y mucho menos le iba a perdonar la acusación de haberla robado.

—Devuélvame la foto —exigió la dama de negro, extendiendo una mano enguantada.

—Forma parte de la investigación —aseguró el pelirrojo y la devolvió a su bolsillo con gran ceremonial, en honor de la irritada dueña de la casa—. Cuando todo concluya, y atrapemos al asesino, podrá recuperarla.

La mirada que le dedicó habría hecho temblar a alguien mucho menos bragado que el inspector del pelo rojo, pero este se limitó a dedicarle una reverencia, mientras pensaba: *"Toma un poco de tu propia medicina"*

—Esa mujer te la tiene jurada —comentó Sullivan con un deje de preocupación en la voz mientras cabalgaban de regreso a la ciudad.

—Que se joda... Está acostumbrada a salirse siempre con la suya y no le viene mal que de vez en cuando el hijo de un pobre deshollinador le dé un buen repaso de humildad.

—¿Tu padre limpiaba chimeneas? —preguntó sorprendido, pues desconocía esa parte de su vida.

—Entre otros muchos oficios. También fue albañil, pescador y sepulturero, pero ni aun así nos quitábamos el hambre de encima en mi familia.

Sullivan asintió, ya que a él le paso otro tanto en su niñez.

—Lo cierto es que la dama parece controlar los tiempos a su antojo y le encanta jugar con nosotros —frunció el ceño—. Pero ándate con ojo, pues estamos de acuerdo en que esconde algún oscuro secreto y no quedaré tranquilo hasta que lo descubra.

—Ojalá tenga algo que ver con el asesinato de su hermano. Me sentiría muy "honrado" poniéndole yo mismo las esposas.

Cabalgaron en silencio un buen rato, hasta que Sullivan soltó un exabrupto, dándole un buen susto a su compañero.

—¡Joder!

La pistola del pelirrojo apareció en su mano en menos que se tarda en contarlo.

—¿Qué pasa? —preguntó, buscando a su alrededor esa posible amenaza.

—Guárdala, Billy el Niño —bromeó su compañero—. Ningún peligro nos acecha, al menos de momento...

—¿Entonces por qué has gritado?

—He recordado algo.

Rudiger lo miró enfadado.

—¿Pretendes matarme de un infarto?

—Lo siento, pero es que me ha sorprendido no haberlo recordado antes y no he podido contenerme. ¿Conoces al viejo O´Connor?

—Todo el mundo lo conoce. Es un tipo raro, aunque buena persona. Vive en la *Colina del Ahorcado*.

—He recordado que estuvo en la India con Daglish. Si no recuerdo mal era su ayudante. Nadie mejor que él para contarnos cosas del primer lord Daglish y ayudarnos a descubrir el enigma de la foto sin rostro.

—Desde luego.

—Hablemos con él.

—A estas horas debe estar comiendo.

Y comiendo estaba, aunque no le importó charlar con los dos policías entre bocado y bocado.

—Siempre estoy solo y un poco de compañía nunca viene mal —les dijo cunado abrió la puerta y ellos se presentaron.

—Queremos hablar del comandante.

—¿De lord Daglish?

—Sí.

—¿Ya saben quién ha asesinado a su hijo?

—Estamos investigando y por ese motivo requerimos su ayuda —el anciano se mostró satisfecho de que contaran con él—. Háblenos de su paso por la India.

—¡Qué buenos tiempos aquellos! Éramos jóvenes y la vida nos sonreía. Ahora son todo achaques y problemas.

—Queremos que nos cuente todo lo que sepa del teniente Pandey —lo interrumpió Rudiger, antes de que les diera un repaso completo a sus enfermedades y tuvieran que pedir algo de cenar.

Sus ojos se ensombrecieron.

—Un buen muchacho, aunque traicionó al comandante y este jamás se lo perdonó.

—¿Se refiere a la liberación de su hermano?

La pregunta del inspector causó gran sorpresa al anciano, pues era muy extraño que conociera el hecho.

—Por supuesto. No crean que soy una persona insensible. Yo nunca aprobé lo que les hacían a los prisioneros, ya que era una crueldad innecesaria, como el teniente solía decir, pero teníamos órdenes y debíamos cumplirlas.

—¿Cree posible que Pandey haya podido vengarse del hijo del comandante que firmaba las órdenes de ejecución?

El anciano negó con rotundidad.

—Imposible. Pandey era hombre de honor, y jamás castigaría a un hijo por los crímenes de su padre. Eso es una cobardía indigna de un oficial británico.

—Le recuerdo que él nació en Uttar Pradesh…

—No importa. Ya le digo que era hombre de honor, y si aún vive, debe rondar los setenta años. A esa edad no tiene uno el cuerpo para venganzas.

Lo que les decía O´Connor parecía muy sensato, aunque no podían descartar ninguna posibilidad.

Rudiger sacó la foto y se la mostró.

—¿La ha visto alguna vez?

—No, pero está claro que se trata del comandante y sus tres hijos… al menos los que tuvo con lady Annabel.

—¿Tuvo más?

O´Connor dudó, pues no quería manchar la memoria del que había sido su oficial superior, pero en cuanto recordó que los inspectores le habían dicho que su testimonio podía ser fundamental para atrapar al asesino de su hijo, se acabaron las dudas.

—Tuvo otros dos chicos en la India —los policías intercambiaron sendas miradas de comprensión—. Daglish era muy hombre y nunca le faltaron amantes. Ya me entienden…

Quedaba claro que los dos infelices que dormían en el establo eran hijos del comandante y hermanastros de la dama, aunque ella ignoraba ese hecho y los trataba como si fueran basura.

—¿Sabe que están aquí?

—¿Los dos bastardos?

Sullivan puso mala cara al oírlo hablar así.

—Disculpe si suena mal, pero esa es la definición de todo hijo que nace fuera del matrimonio —explicó el anciano—. No, no lo sabía. Debió traerlos un tiempo después de regresar él.

—¿Remordimiento de conciencia?

—Puede ser… Tenga en cuenta que en la India dos críos sin padre tienen escasas posibilidades de sobrevivir.

—¿Qué le ocurrió a la esposa del comandante?

—Murió.

Que la respuesta de un anciano dicharachero fuese tan escueta encerraba un gran misterio, obligando a Sullivan a pedir más explicaciones.

—¿Cómo murió?

O´Connor dudó por segunda vez y por segunda vez se auto

convenció de que contar la verdad era lo más correcto.

—De la enfermedad que su marido le contagió.

Sullivan comenzaba a atar cabos, aunque todavía estaba muy lejos de encontrar explicación al enigma.

—¿Le contagió la enfermedad venérea que contrajo por culpa de su promiscuidad?

—Así es. Lady Annabel estaba embarazada de su hija pequeña y un año después de dar a luz falleció a causa de la extrema debilidad que le provocó la infección.

—No sé mucho de enfermedades venéreas, pero tengo entendido que no causan una muerte tan rápida.

—Si estás sana y quieres luchar contra ellas, por supuesto que no, pero lady Annabel perdió mucha sangre durante el parto y más tarde se negó a comer.

El inspector iba a preguntarle el motivo de esa negativa, aunque no hizo falta, porque enseguida vio la luz.

*"Se vino abajo cuando le comunicaron que había contraído una enfermedad de trasmisión sexual contagiada por su marido. Llevaba años aguardando su regreso, porque en verdad lo amaba, y no había mantenido relaciones con otros hombres, como le constaba que hacían algunas esposas de militares destinados en puestos lejanos, y ahora regresaba con este regalo envenenado"*

Triste destino el de muchas mujeres jóvenes condenadas a largas esperas y que más tarde acababan descubriendo que habían perdido el tiempo y una juventud que ya no regresaría.

La explicación del anciano le permitía elucubrar una respuesta a la forma de comportarse de la dama de hierro con sus dos hermanastros: los odiaba porque les recordaban a las mujeres que le contagiaron la enfermedad a su padre, y que a la postre acabaría matando a su madre.

¿Por qué no los obligó a marcharse cuando murió el comandante?

Elucubró un poco más e imaginó a Daglish en su lecho de muerte, rogándole a su hija mayor que no los abandonara a su suerte. Ella cumplió la promesa y no los abandonó... pero los mandó a vivir al establo.

Ese tema quedaba resuelto, pero aún persistían las dudas con respecto a la joven del rostro borrado, sin duda la hija pequeña del

comandante.
¿Fue su hermana mayor quien lo hizo?
¿Veía en su nacimiento la causa de la defunción materna y decidió borrarla de su vida?
Conociendo la dureza y crueldad de la dama de hierro, todo era posible.
—¿Qué puede decirnos de la joven sin rostro?
—¿La señorita Lilian?
—¿De qué murió?
El anciano lo miró confuso.
—Que yo sepa no ha muerto.
—Su hermana afirma que sí. Según nos explicó vive sola en la casa.
—Es probable que se avergüence de ella y haya preferido enterrarla antes de tiempo.
—¿Por qué iba a avergonzarse de una pobre cría, que ninguna culpa tenía de las miserias de su padre?
O´Connor le pegó un buen tiento a la jarra de cerveza con la que acompañaba la comida y respondió:
—Esa chica estaba loca de atar. La enfermedad venérea que contrajo su madre debió afectarle cuando estaba en el vientre y la trastornó por completo. Salía desnuda de casa y se presentaba en la ciudad insultando y maldiciendo a la gente.
—Entonces es probable que el comandante la encerrara en una institución de salud mental y su hermana mayor prefiera considerarla muerta —reconoció Rudiger.
—Ciertamente se trata de una historia terrible —comentó un cariacontecido Sullivan.
Le dieron las gracias al anciano por la inestimable ayuda prestada y abandonaron su casa.
—Tenemos que buscar a lady Lilian —comentó Sullivan.
—¿En un centro de salud mental?
—Por supuesto. Debemos cerciorarnos de que continúa con vida.
—Intuyo por tu tono de voz que no confías en ello.
—Reconozco que no. Murió o la mataron para librarse del problema que tanto daño le hacía al buen nombre de la familia.
—Y por eso han tratado de borrarla de la foto, como si nunca hubiera existido.
—Sí...

—Es terrible.
 La confirmación de que Sullivan erraba en su deducción llegó esa misma tarde, cuando el inspector llegó a casa y descubrió la nota que alguien había metido por debajo de la puerta.

—¡Corre, Lilian! —gritó su hermano con intención de animarla y evitar que Alice la atrapara, en el sempiterno juego de policías y ladrones, al que hemos jugado todos los niños a lo largo de la historia.

—¡No tienes nada que hacer, Alice! —se burló el que más tarde sería el segundo lord Daglish—. Es mucho más rápida y ágil que tú.

La que unos años después se convertiría en una dama vestida de negro, dura y fría como el acero, resopló a causa del esfuerzo y tuvo que reconocer que Eduard tenía razón. Iba a desistir de atraparla cuando sucedió uno de esos extraños vacíos que solían acontecer en el cerebro de su hermanita y que en este caso detuvieron en seco su carrera.

—¡Te pillé! —se jactó Alice, aunque enseguida se percató de que la hazaña no tenía el menor mérito, porque su hermana pequeña ya no estaba allí. Miraba con ojos desorbitados un grupo de cuervos que acababan de posarse en el tejado de la casa.

—¿Qué pasa, Lilian?

Su hermano se acercó y la abrazó al verla tan asustada. Era su ángel protector y siempre había existido entre ellos una relación muy especial.

—Son ellos.

La niña levantó un brazo y señaló a las negras aves.

—¿Quiénes?

—Los espíritus de los muertos que vienen a vengarse. Se han reencarnado en los cuervos y piden justicia.

—¡Tan solo son pájaros! —Eduard la zarandeó para hacerla reaccionar.

—No, son ellos y vienen a por papá —insistió la pequeña con expresión sombría.

—¡Padre no tenía que habernos contado esas salvajadas contra los cipayos! —protestó Alice, haciendo referencia a las historias que el comandante les contaba a sus hijos, acerca de su paso por la

India. Su hija mayor se lo reprochó, pero él le restó importancia al tema.

*"—Lilian es muy sensible y puede afectarle.*

*—Tonterías, niña. Cuanto antes comprendáis que el mundo es un lugar duro y despiadado mucho mejor. Algún día abandonaréis el manto protector que os ofrece la casa y debéis estar preparados para enfrentaros a miserias y maldades.*

*—Pero padre, explicarles a unos niños como los rebeldes degollaban a la gente y la arrojaban a pozos es demasiado terrible.*

*—Mi padre también lo hizo conmigo y con mis hermanos y a ninguno nos afectó negativamente".*

*—Tal vez porque no tenía ninguna hija con problemas mentales…*

*—Tu hermana es más fuerte de lo que parece. Su trastorno es pasajero. Algún día se casará con alguien importante y estará preparada para apoyar a su marido bajo cualquier circunstancia que la vida quiera depararle, y en parte será gracias a mí."*

No quiso decirle que la pequeña cada vez estaba peor de la cabeza, porque su padre era de esos seres humanos que siempre creen llevar razón y nada haría que cambiara de parecer. Precisamente fue el día que mantuvieron esa conversación, tres semanas antes de que Lilian viera a los cuervos y los tomase por seres reencarnados, cuando el comandante les contó la terrible muerte que les infligían a los cipayos, conocida como del Viento del Diablo.

*"—¿Qué es reencarnarse, papi?"* —preguntó la inocente niña.

*"—Regresar a este mundo convertido en otro ser"* —explicó Eduard, siempre atento a complacerla.

*"—¿También en animales?"*

*"—Por supuesto…"*

*"—¡Pues yo quiero reencarnarme en un koala!"*

En aquel momento todos sonrieron, Alice aliviada, creyendo que la terrible historia no le había impactado negativamente a su hermana, y ahora salía con lo de los cuervos…

Probablemente fue una simple casualidad, pero el comandante murió la misma noche que su hija se detuvo y señaló a los cuervos, diciendo: *"vienen a por papá"*. Oficialmente sufrió un infarto, aunque el médico que dictaminó su defunción no quiso poner en el informe que el comandante tenía las pupilas dilatadas y los ojos desmesuradamente abiertos, como si hubiese presenciado un terror indescifrable.

¿Qué podía ver un hombre que estaba acostumbrado a convivir con todo tipo de horrores que el ser humano es capaz de concebir para destruir y torturar a sus semejantes?

¿Algo que no era de este mundo?

El médico se santiguó, pues era muy devoto, y le bajó los parpados, cerrando a este mundo lo que quisiera que le causara el infarto.

Los tres huérfanos se quedaron solos y contrataron a una institutriz hasta que Alice alcanzara la mayoría de edad, de lo contrario no podrían seguir viviendo allí. La hermana mayor tenía dieciséis años, pero fue ella la que tomó el mando, dejando a la institutriz como algo testimonial.

La primera mujer que contrataron se negó a aceptar ese rol secundario y Alice le hizo la vida imposible obligándola a marcharse. Salía de improviso cuando caminaba por los oscuros corredores, dándole un susto de muerte, o la despertaba a altas horas de la madrugada diciendo que Lilian deliraba, y cuando acudía al cuarto de la pequeña, descubría que dormía plácidamente.

Pero quien la obligó a salir en estampida fue Eduard, que previamente se había introducido en una vieja armadura decorativa. Se presentó en su habitación y la institutriz despertó sobresaltada. Tenía claro que no era un fantasma como pretendían hacerle ver, aunque se dijo a sí misma que no cobraba suficiente para llevarse esos sustos. Se marchó esa misma tarde y al día siguiente llegó otra institutriz, que rápidamente se adaptó al papel que esperaban de ella.

Los niños fueron creciendo y cuando Alice llegó a la mayoría de edad ya no hizo falta que nadie los vigilara. Se convirtió en ama y señora de la casa, con la complacencia del vigente lord Daglish, su hermano Eduard.

### *"SEÑORITA LILIAN NO MUERTA"*

—¿Es una broma?

Rudiger le devolvió a su compañero la nota que este había encontrado al regresar a casa.

—No creo. Más bien parece que alguien trata de avisarnos.

—¿Quién?

—Una persona muy poco instruida... o que escribe deficientemente en inglés.

—¿Uno de los dos hindús?

—Sin duda alguna.

—No queda más remedio que regresar a la mansión y que la señora nos aclare todas las dudas —aseveró el pelirrojo, como el que habla de un dolor de muelas. Reencontrarse con Alice (así les había dicho O´Connor que se llamaba la siniestra dama de hierro) cada vez le hacía más ilusión.

—Sí, pero antes la buscaremos en los centros de salud mental cercanos.

—No la encontraremos. Si su hermana ha querido deshacerse de ella la habrá llevado lo más lejos posible, a Manchester e incluso a Londres. Y seguro que la ha inscrito con nombre falso.

Sullivan tuvo que reconocer que lo que decía su compañero tenía lógica.

—Al menos debemos intentarlo.

Lo intentaron en Glasgow y Edimburgo sin obtener resultado alguno.

—Tendremos que presionar a tu amiga la dama de hierro— sugirió Sullivan.

—¿Presionar a esa mujer fría como el hielo?

—Se te ocurre algo mejor?

—No...

Pero no hizo falta presionar a nadie, porque cuando se acercaban a la mansión lucía un espléndido sol (¡Oh milagro!) que desveló el misterio de la desaparición de la joven perturbada y resolvió el asesinato del segundo lord Daglish.

Los dos inspectores cabalgaban relajados, saboreando en sus rostros aquel maravilloso sol que en otras latitudes aborrecían por excesivo y que allí era un regalo del cielo cada vez que se dignaba salir y calentaba los espíritus, algo que no vendría nada mal antes de adentrase en los lúgubres dominios de la dama.

—Es la primera vez que venimos sin niebla y con sol —se regodeó Sullivan.

—¿Crees que la señora aprovecha días como hoy para salir al exterior y permitir que el astro rey le dé un poco de color a su blanquecina piel, o teme que tanta luminosidad la acabe convirtiendo en polvo? —Sullivan sonrió divertido, pues tenía claro a qué se refería su amigo —¿No será uno de esos bichos que únicamente salen de noche y se alimentan de la sangre de sus víctimas?

—Veo que has leído la obra de Bram Stocker, su Drácula de reciente publicación.

—Reconoce, que tanto ella, como la casa, reúnen los requisitos descritos por el escritor

—Desde luego. Ni siquiera se ha molestado en abrir las contraventanas del piso superior y permitir que el sol entre en las frías habitaciones.

—Todas menos una. Allí hay una abierta.

Rudiger señaló la parte más occidental del edificio, donde podía verse una de esas contraventanas abiertas.

El camino descendente describía un arco, haciendo que la casa apareciera y desapareciera continuamente, dependiendo de la espesura del follaje, por lo que su compañero no pudo apreciar ese detalle hasta que el sendero desembocó en un pequeño claro y pudo verla mejor.

En efecto, la contraventana estaba abierta, pero el sol jamás podría calentar la habitación.

—¿Por qué han tabicado esa ventana?

El pelirrojo miraba perplejo hacia allí y no era capaz de encontrar una respuesta válida, todo lo contrario que su amigo, cuyos ojos mostraban comprensión.

—¡Está allí!

Sullivan espoleó su caballo y se lanzó como una exhalación colina abajo.

—¿Quién?

—¡Lady Lilian! —gritó sin detenerse, obligando a su compañero a seguirlo al galope.

Ahora entendía el motivo de la extrema palidez que apareció en el rostro de la señora cuando amenazaron con registrar la casa si se negaba a colaborar.

—Sabemos que los dos hombres que duermen en los establos son sus hermanastros —le espetó Rudiger sin más preámbulos cuando ella abrió la puerta.

Alice lo miró con desprecio.

—Esa basura no son nada mío.

—No le importó acusar del crimen de su hermano Eduard a unas personas que llevan su misma sangre.

A Sullivan le costaba asimilar que alguien fuera tan frío y calculador como aquella mujer.

—Pero al menos no desintegrarían sus cuerpos de un cañonazo… —ironizó ella y el inspector tuvo la absoluta certeza de que si hubiese sido un hombre le habría pegado un puñetazo, aunque más tarde se arrepintiera.

—También sabemos que lady Lilian está viva —explicó a continuación, esforzándose por recuperar la calma.

—¿Me está llamado mentirosa?

—Sí.

Dama y policía mantuvieron un duelo de miradas, que concluyó cuando ella desvió la suya, aunque Sullivan no tuvo la sensación de haber vencido. Más bien le pareció que su rival retrocedía para coger impulso y golpear donde más doliera.

—¿Qué hay en esa parte de la casa que tiene las ventanas tapiadas?

La pregunta de Rudiger sí que pareció descomponerla por un instante.

—En esta casa no hay ventanas tapiadas —respondió rápidamente, aunque se la veía confundida.

—Vuelve a mentir. Si me acompaña al exterior, usted misma podrá verla. Ese mismo Viento del Diablo al que se refería hace poco ha debido abrir la contraventana, dejando al descubierto el tabique que según usted no existe. Muéstrenos lo que esconde en esa parte de la casa y no dilate por más tiempo la trágica representación que lleva a cabo.

Se sabía atrapada y terminó derrumbándose, perdidas momentáneamente prepotencias y frialdades. Podían negarse, pero traerían la orden judicial y entonces descubrirían todos sus secretos.

*"Mejor darles lo que quieren y te dejarán tranquila."*

Con esa idea en mente les hizo el gesto para que la acompañaran a la parte de arriba.

—Síganme.

Cogió uno de los candelabros de la mesa e inició el ascenso por la escalera, seguida muy de cerca por los dos inspectores.

Los llevó a una de las habitaciones y les mostró la puerta camuflada tras un armario repleto de libros. Accionó el interruptor que la abría y ante ellos apareció un mundo de oscuridad y tinieblas. Una insoportable pestilencia golpeó a los dos policías y se escuchó un grito sobrehumano que les heló la sangre en las venas.

Impactados como estaban con lo que no veían, pero presumían, bajaron la guardia y un ser infernal se lanzó sobre el más cercano a la puerta recién abierta: el detective pelirrojo. Lo arrojó al suelo, comenzó a golpearlo con frenéticos puñetazos y trató de morderle la yugular. Rudiger tuvo el tiempo justo de levantar el brazo y recibir allí el mordisco de aquella fiera desatada.

—¡Quieto, Evan! —gritó la señora, como le hubiese gritado a un Rottweiler rabioso.

El chico, pues en realidad eso era el ser surgido de las tinieblas que atacaba al policía, cara sucia, pelo hasta la cintura y ojos de demente, se apartó de Rudiger y fue a refugiarse en uno de los rincones con expresiones de animalito asustado.

Los dos inspectores aún no se habían recuperado de la sorpresa (y del susto uno de ellos), cuando un nuevo movimiento procedente de la habitación oscura los puso en guardia.

En este caso no había peligro alguno.

Lo supieron al ver aparecer a una preciosa jovencita, vestida con un inmaculadamente limpio traje blanco, sus dos trenzas rubias colgando a ambos lados de un rostro encantador y muy bello, aunque algo no estaba bien: sus ojos también eran los de una demente.

—Saluda a nuestros invitados, querida —solicitó una tercera persona, en este caso una mujer de unos cuarenta años de edad, que seguía los pasos de la bella joven.

—Les presento a mi hermana Lilian y a sus dos hijos —explicó la dama de hierro, dejando absolutamente conmocionados a los dos policías. Ni en sus peores pesadillas podían sospechar que aquella parte de la casa encerrase tamaño horror.

¡Por cierto!

Olvidaba comentar un detalle de la vestimenta de la joven: de su cuello colgaba un precioso broche de diamantes...

# LA DAMA DE NEGRO SE CONFIESA

Los dos inspectores fumaban en la sala contigua al lugar donde los esperaba la dama de hierro. La habían detenido y ahora tocaba (ninguno de los dos tenía la menor duda al respecto) la dura tarea de interrogarla.

A Lilian y sus dos hijos los habían internado en el centro de salud mental de Glasgow, a la espera de que los psiquiatras determinaran el alcance de sus problemas mentales, para también enjuiciarlos, porque les quedaba claro que uno de ellos (casi con toda seguridad el chico salvaje) había cometido los dos crímenes, el del segundo lord Daglish y el del tabernero que había creído hacer un buen negocio engañando al pobre borracho y en realidad había comprado un pasaje para el Infierno.

—Todo esto es terrible —reconoció Rudiger—. Esas pobres criaturas enterradas vivas, sin poder ver la luz del sol, ni salir a la calle.

—Desde luego, aunque está claro que habían aprendido a librarse del encarcelamiento, la chica para salir de noche y ofrecer sus favores a ancianos desdentados y él para asesinar a su tío y al tabernero.

El pelirrojo frunció el ceño.

—Ya sé lo que me vas a decir: que si la inquina me ciega, que si le tengo manía a esa mujer...

—Porque piensas que Alice Daglish es la que maneja los hilos de todo esto.

—¡Pues claro! ¿Cómo iban a escapar esas pobres criaturas sin su consentimiento?

—Olvidas lo que oímos aquella mañana.

—¿Cuándo le recriminaba a uno de sus dos hermanastros que alguien había escapado por su culpa?

—Cierto. Lo siento por ti, pues me consta que deseas incriminarla a ella, pero eso la exculparía del todo. Y por otra parte, tiene sentido que uno de los dos hindús tratados como animales decida vengarse permitiendo que sus sobrinos escapen al encarcelamiento que la dama de hierro les somete.

—¿Sabes lo que te digo?

—No...

—Que esa arpía es capaz de haberlo preparado todo. Nos oyó llegar y montó la escena con su hermanastro. Es muy lista y siempre va un paso por delante nuestro.

—En eso estamos completamente de acuerdo, y en cualquier caso, quedan muchas incógnitas por resolver —Sullivan señaló la sala de interrogatorios—. Vamos dentro.

Rudiger suspiró resignado y siguió a su compañero, que iba en pos de la verdad...

El rostro imperturbable de la dama había recuperado parte de su dureza habitual. Aguardaba a los dos inspectores con toda la artillería preparada y una ligera sonrisa cínica se dejaba entrever en la comisura de sus labios.

—¿Quién ordenó encerrar a su hermana Lilian y a sus dos hijos?

Sullivan comenzó el interrogatorio con esa pregunta tan directa.

—¿Necesito responder? —inquirió ella en tono desafiante, llamándolo tonto sin abrir la boca.

—Le ruego que se limite a responder a nuestras preguntas sin hacer otro tipo de valoraciones, o el interrogatorio se dilatará en el tiempo y a ninguno nos interesa que eso ocurra.

—Mi padre me lo pidió en su lecho de muerte, mientras su corazón se paraba, y él agonizaba. Lilian vio unos cuervos y creyó que se trataba de los espíritus de los cipayos volatilizados.

Fue entonces cuando les contó a los dos policías la historia antes descrita.

—Mi hermana se trastornó por completo y cuando padre sufrió el infarto, tan solo tres días después de su visión apocalíptica, ya había cometido un par de locuras, como presentarse desnuda en la iglesia y decirles a los pasmados y horrorizados feligreses que el Demonio vendría a por ellos, y tras arrancarles las entrañas, se daría un festín.

—¿Su padre le pidió que la encerrara completamente a oscuras y tabicara las ventanas? —intervino Rudiger mirándola con desprecio.

—Eso tuve que improvisarlo yo cuando los chicos se hicieron mayores y escapaban por las ventanas.

Ya sabemos lo que pensaba al respecto, por lo que no creyó una sola palabra y su desprecio hacia ella aumentó.

—En realidad deseaba hacerlo, aunque su padre no se lo hubiese pedido en su lecho de muerte —aventuró el pelirrojo y observó satisfecho que su proyectil daba en el blanco.

—Es usted un imbécil, inspector —replicó furiosa.

—Puede que lo sea, pero usted es una egocéntrica que no soporta que nadie le plante cara, ni sea más lista y bella. Seguro que lord Eduard era un pobre infeliz al que manipulaba a placer.

Sullivan carraspeó para advertir a su amigo que se estaba pasando de la raya, pero él le dedicó un gesto con la mano que podía significar:

*"Aquí solo estamos los tres y nadie más va a enterarse, por lo que permite que me explaye a gusto con ella."*

—Algún día le arrancarán esa lengua ignominiosa que tiene, inspector.

—¿Me está amenazando? Le advierto que amenazar a un servidor de la ley es un grave delito.

Ella sonrió con maldad.

—Por supuesto. Yo también pienso que aquí estamos los tres solos y puedo decir lo que me venga en gana, pues es mi palabra contra la de dos policías que suelen apoyarse mutuamente. Un buen abogado no tendría la menor dificultad en desmontar la acusación.

Aquel fue un adelanto de lo que más tarde sucedería y que demostró, una vez más, que los poderosos pueden transgredir las leyes sin miedo a ser condenados.

—Por favor, centrémonos en el asunto por el que estamos aquí —rogó Sullivan, dirigiéndose tanto a su exaltado compañero (sobre todo ahora que comenzaba a intuir que ella iba a salirse con la suya), como a la funesta dama de hierro—. Sabemos que su padre regresó de la India con una enfermedad venérea y contagió a su madre cuando estaba embarazada.

La sonrisa cruel se borró de un plumazo del rostro de Alice y algo turbio la envolvió, hasta que sus ojos se iluminaron de comprensión.

—¡Ha sido ese viejo bocazas de O´Connor!

—¿Cómo le afectó la muerte de su esposa?

El inspector hizo caso omiso a la acusación de la señora y continuó el interrogatorio con esa pregunta.

—Padre se avergonzaba de sí mismo y lo consideraba un castigo por sus múltiples pecados.

—¿Se arrepentía de las atrocidades cometidas en la India?

Ella recuperó su sonrisa burlona y respondió:

—¿Cuántas veces tengo que decirle, inspector, que aquello no fueron atrocidades? Fue la justa devolución bíblica del ojo por ojo y diente por diente. Mi padre jamás se arrepintió de lo que hizo allí... salvo traerse la enfermedad venérea que mató a mi madre y volvió loca a Lilian.

—Sin duda era un hombre justo y cabal, porque además de ser el culpable de la enfermedad de su hija pequeña, la condenó en vida al peor de los horrores.

Rudiger no quería intervenir en la conversación, pero el deseo de decir algo era superior a sus fuerzas y no podía contener la lengua.

—¿Es necesario que este idiota asista al interrogatorio? —preguntó ella, dirigiéndose exclusivamente al policía rubio.

—Explíquenos cómo es posible que su hermana quedara embarazada sí nunca salía de esa cárcel tenebrosa.

Esa era la pregunta que Sullivan deseaba hacer desde el principio y que las peleas entre su compañero y la dama no le dieron la oportunidad de realizar.

—No me sea ingenuo, inspector...

La sonrisa burlona lo dejó algo picado, pues en verdad debía ser muy ingenuo, ya que no imaginaba quién podía ser el padre de los dos jóvenes de unos dieciséis años que compartían encierro con Lilian, y que en aquel momento iban camino de la institución mental en compañía de su madre. Ella era totalmente irrecuperable, ya que la enfermedad contagiosa, al no haber sido debidamente tratada, le habían destrozado el cerebro, pero sus dos hijos, sobre todo la joven, podrían recuperarse con la atención psiquiátrica adecuada.

—¿No les he contado que Lilian y Eduard estaban muy unidos?

Sullivan la miró perplejo.

—¿Su hermano es el padre?

—¡Padre y tío a la vez! —exclamó divertida —¿No es fantástico? A mí me ignoraban y jugaban entre ellos. Una vez los sorprendí tocándose íntimamente y los amenacé con contárselo a papá, aunque no hicieron caso. Al principio solo eran juegos inocentes, pero a medida que fueron haciéndose mayores su pasión aumento. Al final pasó lo que tenía que pasar. Eduard la dejó dos veces embarazada y nacieron los gemelos

Los dos inspectores asistieron horrorizados a la explicación, por otra parte, hecha con absoluta naturalidad. Hablaba del incesto como quien habla del tiempo.

*"Ha dejado de llover y Eduard ha dejado embarazada a nuestra hermana"*

¿Cómo podía existir una persona tan fría e insensible como ella?

Y solo les faltó oír lo que añadió a continuación:

—No se escandalicen, inspectores. Fornicar calmaba a la loca y a mi hermanito le quitaba las ganas de salir a buscar fulanas, con el peligro de contagiarse como nuestro padre.

—¿Y no se le ocurrió pensar que su hermano podía haberse casado con una chica sana, encantadora y ser feliz formando una familia normal? —aventuró Sullivan, sintiendo nauseas de aquella malvada mujer.

—Eso habría sido mucho peor para mí. Tendría que haber compartido espacio con una niña estúpida, que exigiría ocupar el puesto que le corresponde como esposa del señor de la casa, desplazándome a un segundo plano.

Ya no quedaba la menor duda: el ser abominable que tenían delante podría ser perfectamente el ama de llaves del Diablo y no desentonaría en absoluto.

—Voy a hacer lo imposible para que la encierren una larga temporada —aseguró Rudiger.

—¿De qué piensa acusarme, inspector? —preguntó ella, mirándolo desafiante.

—Complicidad con el asesino, dificultar la investigación policial y crueldad manifiesta contra otro ser humano.

La carcajada retumbó en la sala de interrogatorios.

—¿Está seguro? —otra sonrisa que habría firmado la mismísima bruja de Blancanieves cuando le daba manzana para merendar—. Nada que un buen abogado no pueda resolver con pericia. La reclusión de mi hermana fue cosa de mi padre. Pídanle cuentas a él. Tampoco pueden acusarme de ocultarles hechos. Simplemente no preguntaron. Su torpeza manifiesta denigra la prestigiosa reputación de la policía británica.

A ambos inspectores se les crispó el semblante, pues la desfachatez de aquella dama rayaba lo esperpéntico.

¿Cómo podía tener la vergüenza de decir que no les había ocultado nada?

¡Se lo había ocultado todo desde el principio!

En una cosa llevaba razón: un buen abogado le conseguiría una condena mínima… si es que llegaba a ingresar en prisión. El pertenecer a la nobleza ayudaría lo suyo y era más que probable que esa misma noche durmiera en casa.

Y no se equivocó.

El juez, un buen amigo de su padre, el primer lord Daglish, la dejó en libertad, imponiéndole una fianza casi testimonial, tras leer por encima los cargos que se le imputaban.

# SEGUNDA PARTE


UN CABO SIN ATAR...

—¡No es justo! —protestó Rudiger cuando los dos compañeros abandonaron el juzgado y fueron a ahogar sus penas en un pub cercano. Pidieron dos wiskis y tomaron asiento en un reservado—. Esa mujer merece una condena ejemplar, no tanto por lo que ha hecho, como por lo que ha dejado de hacer.

—Lo sé, pero la ley solo castiga hechos, no posibilidades. Tal vez algún día se castigue la omisión de socorro o el abandono de un ser humano, pero en este momento es lo que hay.

—¿Te das cuenta de que se ha reído de nosotros?

¡Claro que se daba cuenta!

Y bien que le dolía, pero al menos se consolaba con la idea de que habían atrapado al asesino y esa mujer no podría seguir manipulando la investigación.

*"Con las ganas que tiene de librarse de sus dos hermanos bastardos sorprende que no haya manipulado las pruebas para acusarlos a ellos"*

Habría bastado con dejar entre la paja del establo donde dormían el cuchillo que el joven trastornado usó para matar a su padre, y que apareció en uno de los cajones de la cocina. El forense dictaminó que esa era el arma utilizada para cometer los dos crímenes y el caso quedó cerrado.

—¿Qué quiso decir después del juicio cuando se acercó a nosotros?

Rudiger se refería a las palabras que la dama les dedicó a los dos inspectores y que no venían a cuento:

*"—Hay que saber interpretar mejor las palabras"*

Y antes de irse se acercó al pelirrojo y le dijo algo al oído, que le cambió la cara.

—No lo sé. Estoy comenzando a plantearme que ella también está trastornada.

—¿Sabes lo que me dijo a mí? —Sullivan aguardó a que se explicara—. Que mire debajo de la cama antes de acostarme —su mirada se ensombreció y el viejo temor infantil resurgió con fuerza— ¿Cómo sabe que le tengo miedo a la oscuridad?

—¡Vamos, hombre! —exclamó su compañero en tono alegre y distendido, pues lo veía muy preocupado—. Todo el mundo le tiene miedo a la oscuridad. Ha utilizado el viejo sistema de los adivinos, que suelen emplear estereotipos y frases que valen para casi todo el mundo y así siempre aciertan. Esa mujer ha disparado al aire y tú has ido a encontrarte con la bala.

Esas palabras lo tranquilizaron.

—Creo que tienes razón. Me he preocupado tontamente.

—Yo también he pasado muy malos ratos por la noche. Mis padres me llevaban en verano a una casita en Alford y recuerdo que apenas dormía. Veía fantasmas donde solo había reflejos de luz, y cuando algún gato recorría el tejado en busca de una presa, pensaba que era un monstruo que venía a buscarme. Rara era la noche en la que no terminaba en la cama de mis padres.

—Pero entonces eras un niño y seguro que ya lo has superado. Yo sigo teniendo miedo hoy en día y por eso se me hace cuesta arriba acudir a esa mansión tan oscura.

Sullivan pensó en lo extraño de la mente humana. Un hombre valiente, como sin duda era su compañero, le tenía miedo a la oscuridad, aunque no tardó en saber el motivo y le pareció lógico que así fuera.

—Mi padre era un hombre muy estricto y a él le debo la fobia a la oscuridad. También me sucedía como a ti: un simple roce de una rama contra la pared exterior me tenía en vela toda la noche, aunque le tenía más miedo a mi padre y nunca pensé en acostarme con ellos, hasta que una noche se desató una fuerte tormenta y los rayos me hacían ver monstruos con grandes garras que venían a por mí. Aguanté como buenamente pude, aunque temblando de miedo, y entonces se abrió de golpe la ventana de mi habitación a causa del fuerte viento. Ya no hubo forma de evitar que me acostase con ellos. Mi padre no dijo nada, como tanto temía, pero al día siguiente me llevó al pueblo y me encerró en el ataúd que el carpintero acababa de construir para enterrar a un difunto. Lloré, pataleé, rogué que me sacara de allí, pero solo permitió que saliera cuando estuve diez minutos callado.

*"Algún día me lo agradecerás"*

—Estaba convencido de que era la mejor forma de quitarme el miedo a la oscuridad.

—Y lo único que hizo fue acrecentarlo...

—Desde luego, y además soy incapaz de asistir a los entierros —concluyó con sonrisa trágica y su compañero imaginó lo mal que debió pasarlo el pobre crio dentro del ataúd.

—En cualquier caso, no dejes que esa mujer condicione tu vida con sus palabras.

Pidieron otra ronda y charlaron sobre temas intrascendentes, pero cada vez que Sullivan miraba los ojos de su compañero veía en ellos una preocupante intranquilidad.

Terminaron la segunda ronda y llegó el momento de irse, aunque el pelirrojo se mostró reticente a marcharse. Fuera llovía insistentemente, y una extraña melancolía, casi un presentimiento nefasto, lo acompañaba desde que la oscura dama lanzó la tétrica advertencia. No le apetecía quedarse solo tan pronto y pensó en prolongar la velada.

—¿Por qué no me cuentas una de tus historias? —demandó Rudiger, al que complacía enormemente los relatos que escribía su compañero. Siempre le decía que los publicara, a lo que Sullivan respondía:

*"—¿Quién va a interesarse por las historias que escribe un policía escoces?*

*—¡Pero son muy buenas!*

*—Para ti, que me ves con buenos ojos, aunque ninguna pasaría la prueba de un editor. Ahora todo el mundo escribe y pronto habrá más escritores que lectores."*

—De acuerdo.

A Sullivan tampoco lo esperaba nadie en casa y le pareció buena idea prolongar la velada.

—Precisamente acabo de escribir un relato muy apropiado a las circunstancias.

—¿Con dama oscura incluida? —preguntó un acojonado pelirrojo.

—Y mentiras y traiciones por doquier.

—Adelante, pero antes deja que pida otra ronda.

—Me parece que esta noche no vas a mirar debajo de la cama… ¡Porque vas a dormir allí cuando entres a gatas en tu casa! —ironizó Sullivan.

Ojalá no lo hubiera hecho…

# LA LEGIÓN

*Cayo y Publio eran dos centuriones romanos.*

*Junto a otros veinte mil hombres del imperio, marchaban en dirección a Germania. Su objetivo era demostrarles a esos barbaros quién era el amo del mundo.*

*Al mando del cónsul Quintilius Varus, tres de las mejores legiones de las que Roma disponía, se adentraron en la región boscosa que rodean el cauce del Rhenus (Rin) y forman la selva de Teutoburgo.*

*Esas tres legiones habían salido victoriosas en decenas de combates. Precisamente ahora venían de sofocar una revuelta en Palestina. Pero una cosa era vencer en un terreno árido formado por olivos y vides, y otra muy diferente adentrarse en aquella impenetrable masa boscosa capaz de engullir a cien ejércitos como este.*

*El terreno se prestaba a las emboscadas.*

*No tardarían mucho tiempo en darse cuenta de su error.*

*—Señor. Deberíamos enviar exploradores para que nos avisen en caso de que encuentren enemigos ocultos.*

*Uno de los comandantes más veteranos intentaba prevenir al cónsul sobre algo que parecía evidente.*

*—Aprecio tu sabiduría Marco, pero no creo que corramos peligro alguno. Estos salvajes germánicos están siempre peleando entre ellos. No suponen ninguna amenaza para nosotros —respondió con soberbia el jefe de la expedición—. No están tan locos para oponerse a veinte mil hombres perfectamente armados.*

*No lo vio excesivamente convencido porque añadió:*

*—Si lo prefieres, puedes enviar a un grupo de nativos para que avisen si ven algo anormal. Conocen bien el terreno. Sabrán donde pueden prepararnos esas posibles emboscadas.*

*El tribuno saludó al cónsul y se retiró. A continuación,*

recorrió la distancia que separaba el campamento romano de las tiendas de sus aliados queruscos.

Buscó a Arminio que era el caudillo de la tribu.

A Marco nunca le había caído demasiado bien. No se fiaba de él. Sin embargo, Quintilius sentía adoración por el germano.

Te recuerdo que Arminio es ciudadano romano desde hace mucho tiempo. Confío en su lealtad.

Eso le había dicho en más de una ocasión.

—Salve Arminio.

—Salve Marco. ¿Qué deseas?

—Nuestro cónsul ordena que te pongas al frente de tus hombres y avances a la cabeza de las legiones para prevenir un posible ataque de los barbaros.

—Así se hará.

Se saludaron nuevamente.

El tribuno salió de la tienda del querusco con la sensación de que sus ojos habían brillado de manera especial cuando le solicitó la misión. Regresó a su puesto, y desde allí vio como el grupo de exploradores se adentraba en el bosque. No llevaban ningún tipo de coraza que les protegiera el cuerpo, ni yelmo para evitar golpes en la cabeza. Ese hecho debió de ponerlo en guardia, para así poder prevenir los acontecimientos que más tarde sucedieron.

La fuerza militar de las legiones romanas se basaba en su organización, disciplina y en las potentes protecciones que los soldados llevaban para evitar que los ataques enemigos diezmaran sus filas. En campo abierto podían adoptar la posición de cuadro cerrado. Rodilla en tierra se protegían con sus escudos de los ataques de los arqueros enemigos, o presentaban una afilada hilera de pilums, para repeler el ataque de la caballería. Pero todas esas tácticas de combate quedaban reducidas a la nada, si en lugar de combatir en campo abierto, se adentraban por aquellos estrechos senderos, donde la maleza comenzaba en el mismo borde del camino. Poco podían hacer para organizarse, en caso de que el enemigo les atacase por sorpresa. Por eso eran imprescindibles los exploradores que les avisasen de posibles concentraciones enemigas.

Lo que debió de prevenir al tribuno fue la posibilidad de sufrir un ataque de un enemigo que no llevaba el pesado equipamiento que portaban los legionarios. Un ataque así, debía de ser por fuerza muy efectivo y dejaría a las tropas romanas sin capacidad de reacción.

 "Espero que Varus sepa lo que está haciendo al confiar en estos barbaros."

 La expedición romana siguió avanzando sin pararse a pensar que con cada paso que daban, más se metían en la ratonera.

 Los exploradores regresaron al día siguiente.

—Todo despejado. No hemos visto ni un solo enemigo.

La traición (la línea que separa la traición de la gloria es tan fina…) de aquellos supuestos aliados estaba a punto de consumarse.

 El cónsul no sabía que Arminio (el cual, efectivamente había estudiado en Roma la cultura y tradiciones romanas, pero solo para conocer mejor a su futuro enemigo) pretendía ser el salvador de su patria. Había pactado con los demás caudillos germánicos para asestar un golpe demoledor a las invictas legiones romanas, que habían extendido los dominios de la ciudad imperial desde Egipto hasta Hispania, y ahora pretendían someterlos a ellos.

 "Organizad revueltas. Cuando los romanos acudan a sofocarlas, les tenderemos una emboscada. Les daremos una lección que no olvidaran nunca. De esa manera impediremos que su dominio se extienda más al norte."

Ese mensaje enviado a sus compatriotas fue seguido al pie de la letra.

*Un número indeterminado de barbaros acechaban entre la espesura, a la espera de la llegada del momento propicio para asestar el golpe de gracia.*

*—¿Qué hacemos aquí, Cayo?*

*El centurión realizó la pregunta a su amigo mientras se limpiaba el moquillo que desde hacía unos días le caía incesantemente por culpa de la humedad de aquel maldito bosque.*

*—Ya lo sabes. Tenemos la obligación de acudir al lugar donde nos mandan, sin discutir las órdenes de nuestros superiores.*

*—¡Eso ya lo sé, hombre! Me refiero a que nos han fastidiado a base de bien al enviarnos a un lugar tan frío y hostil como este. Sobre todo, si tenemos en cuenta de dónde venimos.*

*—¡Desde luego! Que buenos recuerdos de la cálida y acogedora Palestina. Buen vino. Mejores mujeres…*

Rudiger sonrió e interrumpió la narración
—Ya ves que existen sitios así en el mundo, además de España, y a nosotros nos ha tocado el peor.

*—¡No me hables de mujeres!*

*—Lo sé. Perdona. A veces olvido que hicimos un trato.*

*—Que acabas de incumplir hace un momento.*

*—Cierto. Te pido nuevamente perdón.*

*Un muro pareció interponerse entre los dos amigos. Algo grave debió de suceder en Palestina que los llevaba a actuar de esa manera.*

*Continuaron avanzando en silencio.*

*Llevaban varios días sin ver el sol por culpa de la altura y la frondosidad de los árboles. La llovizna que caía sin cesar contribuía a acrecentar su pesimismo. No conseguían entrar en calor, ni escapar del barrizal que se iba formando al paso* de la expedición. Ese hecho hacía que aquellos hombres, acostumbrados a convivir con el astro rey calentándoles el espíritu, estuvieran más decaídos de lo normal.

—Presiento que no saldremos con vida de este maldito bosque —añadió a continuación.

Su amigo no le contestó. Pensaba lo mismo.

—El cónsul se siente invencible, por eso no ha adoptado las precauciones mínimas. En caso de que nos ataquen estaremos a merced del enemigo.

—¡Cierto! Parece que vamos de excursión por el campo.

—Y la vía de escape la tenemos cortada por el grupo de civiles que nos siguen. Los familiares de algún soldado, prostitutas y comerciantes, reducen considerablemente nuestra capacidad de maniobra.

—Confiemos en que tus malos augurios no se cumplan.

Avanzaron hasta que un tremendo trueno retumbó en el cielo.

La tormenta se cernía sobre ellos.

—¡Lo que faltaba!

—¿Le temes a las tormentas?

—¡Mucho! Una vez en la Galia sufrimos una terrible. Por aquel entonces era portaestandarte.

—¿Llevaste el Águila? —preguntó su amigo con profundo respeto, pues aquel era un honor reservado a muy pocos.

—Sí.

—No lo sabía.

—Que llevemos mucho tiempo juntos no quiere decir que lo sepas todo sobre mi —respondió con un brillo especial en la mirada.

—Cuéntame lo de la tormenta.

—No hay mucho que contar. Marchábamos por un bosque parecido a este cuando estalló la tormenta. Los truenos retumbaban por doquier. Los rayos iluminaban el cielo creando una iluminación bastante tenebrosa. Teníamos miedo. ¿Has estado alguna vez en ese país?

—Nunca.

—Es tierra de chamanes y brujos. Precisamente uno de ellos nos había maldecido en la última aldea por donde pasamos antes de adentrarnos en el bosque.

—¿Lo matasteis?

Su amigo lo miró horrorizado.

—¿Estás loco? Si matas a un hechicero te maldices eternamente.

—¡Tonterías! La próxima vez atraviésalo con tu espada. Verás cómo sangra igual que tú. ¿Qué te pasó en aquel bosque?

—No sé si fue a causa del miedo, o la comida me sentó mal, la cuestión es que me tuve que adentrar en la espesura. Ya sabes...

Su amigo sonrió comprensivo.

—Desde allí vi como un rayo caía sobre el estandarte que yo llevaba hasta ese momento y que se lo había dejado a un compañero para que lo sostuviera hasta que yo regresara de hacer mis necesidades. Quedó completamente quemado. Tuvieron que cortarle la mano para recuperar el estandarte, que también quedó muy dañado. La fortuna me sonrió en aquella ocasión, pero desde entonces cada vez que veo una tormenta tiemblo de los pies a la cabeza.

—¿Por qué? Si tu destino era morir por culpa de un rayo, habrías muerto en aquel bosque de la Galia. Los dioses tienen prevista otra muerte diferente para ti.

—Tal vez no. Quizá ahora manden un nuevo rayo para que concluya lo que el otro no pudo conseguir.

Su amigo dejó el tema, consciente de que no podría convencerlo. Los miedos de cada ser humano son un tema muy personal. Lo que para unos es una tontería, que incluso les arranca una sonrisa, a otros les causa terror y condiciona por completo sus vidas.

El pelirrojo miró fijamente a su compañero y dedujo acertadamente que esa:" última historia" que según él había escrito, se la estaba inventando en ese mismo momento, con intención de ayudarle a superar sus miedos. Sin duda tenía gran imaginación para narrar sin pausa algo que iba improvisando.

*Los peores presagios se cumplieron. La tormenta se les echó encima provocando gran nerviosismo en hombres y animales. La fina lluvia, que tanto les molestaba hace unos instantes, se convirtió en un torrente de agua.*

*Apenas podían ver lo que tenían delante.*

*Ese era el momento esperado por el enemigo para iniciar el ataque.*

*En algún punto de la vanguardia romana se escuchó un golpe seguido de alaridos y gritos de alarma.*

*—¿Qué ha sido eso? —chilló Publio para hacerse oír por encima del estruendo producido por los truenos.*

*—No lo sé. Parece ser que un árbol ha caído sobre nuestros hombres.*

*En un principio lo achacaron al fuerte viento, pero cuando poco después cayó un segundo, y luego un tercero comenzaron a pensar que aquellas caídas no eran casuales. Los habían cortado intencionadamente para dejar aislados en varios grupos a las fuerzas romanas.*

*Divide y vencerás…*

*Ese viejo axioma seguía siendo tan válido como antes.*

*Algunos de los grupos aislados a causa de la caída de los grandes árboles, se habían quedado sin mandos que los dirigieran. Eran soldados muy disciplinados que obedecían a ciegas las órdenes de sus superiores. Al no estar estos presentes les faltaba capacidad de reacción ante una adversidad como esa. Muchos permanecieron plantados en medio del camino sin saber lo que hacer, hasta que una lluvia de flechas puso fin a sus vidas.*

*Los dos centuriones reaccionaron con prontitud. Sospecharon que se trataba de una emboscada y prepararon a sus hombres para que repelieran el ataque que no tardaría en producirse. Antes de que el enemigo oculto en el bosque lanzase la primera flecha, ellos ya habían comenzado a impartir órdenes:*

*—¡Formad una barrera con escudos y lanzas! —ordenó Cayo.*

*—¡Arqueros en segunda línea! —gritó Publio.*

*Esa escuadra fue de las pocas que estaba preparada cuando se inició el ataque. Con los escudos detuvieron las flechas enemigas, para después ensartar con su pilums a los barbaros que se lanzaron al ataque a pecho descubierto, pensando que el efecto sorpresa seria decisivo.*

*Lo fue en otros sitios, pero allí desde luego que no.*

*Al concluir la primera oleada de atacantes, comprobaron satisfechos que ningún romano había muerto. En otros sectores ocurrió todo lo contrario. Grupos enteros habían sucumbido ante lo inesperado del ataque.*

*Tras la confusión inicial, los romanos recuperaron el control de la situación. El propio cónsul se hizo cargo de impartir las órdenes precisas.*

*—¿Señor?*

*—¿Sí?*

*—Nuestros exploradores han encontrado un claro en el bosque capaz de albergar a toda la expedición.*

*—¡Perfecto! Que todo el mundo se dirija hacia allí. Nos reagruparemos y presentaremos batalla a esos malnacidos. Pronto sabremos si en campo abierto son tan valientes.*

*Sin dejar de ser hostigados en ningún momento por los germanos, los supervivientes de las tres legiones llegaron al claro. Una vez allí formaron un círculo defensivo y se prepararon para el ataque. Mientras tanto, hicieron recuento de las bajas sufridas durante la emboscada.*

—Han muerto quinientos hombres—informó uno de los generales.

—¡Quinientos!

El rostro de Quintilius Varus se contrajo al oír esa cifra tan abultada.

—¿Cómo es posible? En toda la campaña de Palestina perdimos únicamente doscientos hombres.

—Nos han pillado por sorpresa. No hemos tenido capacidad de maniobra, como bien sabéis.

Por primera vez desde que estaba al mando, el cónsul sintió miedo.

Si en un ataque qué apenas ha durado media jornada hemos perdido tantos hombres, ¿qué ocurrirá si nos siguen atacando en los próximos días?

Sus pensamientos pasaron a un segundo plano cuando recordó algo.

—¡Traedme a Arminio!

No entendía cómo era posible que el querusco fuera incapaz de descubrir la emboscada. Un ataque de esas dimensiones no podía haber sido llevado a cabo por un grupo reducido de hombres. Por fuerza tenía que haberlos visto cuando exploró la zona.

Lo buscaron por todo el campamento sin encontrar ningún rastro.

—No está. Ha desaparecido. No hemos encontrado queruscos en el campamento.

El rostro del romano se ensombreció al comprender la verdad.

—¡Maldito traidor!

"¡A buenas horas te das cuenta!"

Marco lo miraba sin acabar de aceptar que aquel honorable ciudadano, premiado en varias ocasiones por el senado, fuera tan inocente. Esa inocencia de su jefe los había llevado a esa situación tan desesperada en la que se encontraban en *aquellos momentos. Emboscados en un territorio hostil, no podían esperar ayuda del resto de legiones. Estaban a merced de aquellos barbaros que no tendrían ninguna piedad de ellos. La prepotencia de su jefe al pensar que los germanos serían incapaces de unirse para luchar contra Roma les iba a costar muy cara.*

*Esperaron dos días en aquel claro, hasta que comprendieron que el enemigo no era tan idiota para atacarlos en un terreno donde era claramente inferior a los romanos.*

*No les quedó más remedio que desmontar el campamento y adentrarse nuevamente en el bosque. Si querían salir de allí tendrían que seguir avanzando, a pesar de ser conscientes de que se metían nuevamente en una trampa, algo que los barbaros tenían perfectamente calculado.*

*Ni hablar de regresar por el camino que los había traído hasta ese recóndito lugar. La distancia hasta el punto de destino era inferior a la que ya habían recorrido. Eso sin contar que los árboles derribados por los germanos, y el material abandonado durante la batalla, dificultarían enormemente la marcha. Recordó el nutrido grupo de personas que los seguían. Sin duda habrían acabado prisioneros de los barbaros. No quería ni pensar en el destino que les aguardaba a las esposas e hijas de los legionarios.*

*En las caras de sus hombres vio reflejada esa misma incertidumbre. Muchos de ellos tuvieron que ser amenazados por sus superiores, ya que pretendían acudir en ayuda de sus familiares.*

*—Nadie va a ir por su cuenta. Eso es precisamente lo que quiere el enemigo. Os estarán esperando para aniquilaros en cuanto os adentréis en el bosque. En cuanto sea posible, iremos todos juntos a rescatarlos.*

*Bonitas palabras.*

*Ahora, en lugar de cumplir su promesa, el cónsul los hacía marchar en dirección contraria a la que se encontraban sus familiares.*

*Con la vista perdida y los ojos vidriosos, muchos de aquellos hombres marchaban hacia un destino incierto con la moral por los suelos y el corazón roto en mil pedazos.*

*Si el armamento, la preparación y la fe en la victoria ganan batallas, la moral baja las pierde.*

*Fue adentrarse en el bosque, y comenzar los ataques. Llegaban en oleadas, lanzaban flechas o sus lanzas cortas y desaparecían antes de que la caballería romana pudiera perseguirlos, misión harto difícil si tenemos en cuenta lo enmarañado de la vegetación.*

*La llegada de la noche se convirtió en un calvario para aquellos cansados y desmoralizados hombres Por primera vez en la historia de la Roma conquistadora, se veían impotentes ante el enemigo.*

*Esa noche no encontraron ningún claro donde montar las tiendas y protegerse de los ataques. Tuvieron que seguir avanzando con la esperanza de salir de aquel bosque mortal lo antes posible. Esa noche fue la peor en la vida de la mayoría de aquellos soldados, entre otras cosas porque fue la última sobre la faz de la tierra de muchos de ellos. De vez en cuando se escuchaba el gemido de un legionario degollado, mientras caminaba por la senda que cada vez era más estrecha; o aparecía un grupo de barbaros surgiendo de la oscuridad, se entablaba un violento combate y desaparecían dejando tras ellos un reguero de cadáveres. Pretendían llevar a los romanos al límite de la resistencia, para después asestarles el golpe definitivo. Si no los dejaban descansar ni un solo instante, sería más fácil acabar con ellos.*

*—¡Este maldito bosque no acaba nunca!*

*Publio no lo sabía, pero aquel inmenso bosque medía ciento diez kilómetros de largo. Era lógico que a los romanos les pareciera no tener fin. El sitio para la emboscada no había sido elegido al azar. Los germanos sabían que, si los romanos caían en la trampa que les habían tendido, jamás saldrían con vida.*

*Había puntos donde el camino se estrechaba tanto, que tenían que parar y cortar las ramas para que pudieran pasar los pocos carros de suministros que les quedaban. La mayoría se perdió durante el primer ataque. Conservar los que habían podido salvar era una tarea primordial, de lo contrario tendrían que sumar el problema del hambre a los muchos que ya tenían.*

*La segunda noche comenzaron a suceder cosas extrañas. La expedición romana marchaba en silencio cuando un grito de agonía surgió de la espesura. Era un grito de dolor, pero también de miedo.*

*—Ese pobre desgraciado ha visto algo que lo ha llenado de terror —comentó un legionario.*

*A continuación, se escuchó un potente rugido que arrancó un escalofrío hasta al más valiente de los soldados*

*—¿Qué ha sido eso? —preguntó asustado uno de los soldados jóvenes de la expedición. Esta era su primera misión, y probablemente sería la última.*

*—No lo sé muchacho, pero me ha parecido el rugido de una fiera salvaje.*

*—¿En este bosque? Lo dudo. Esos felinos son más propios de las selvas africanas, o incluso del desierto. En Palestina vi alguno, pero en esta zona hace tiempo que se extinguieron —respondió otro de los veteranos.*

*Como no tenían respuesta a esa incógnita dejaron de hablar del tema.*

*La siguiente noche desapareció un arquero, al que encontraron descuartizado poco después. Sobre su pecho, una nota escrita en latín, decía:*

*"A Roma le pagamos con su misma moneda."*

*—¿Qué significa esto? —preguntó el tribuno.*

*—No lo sabemos señor. Parece ser que los germanos piensan que hemos cometido algún tipo de atrocidad y se han vengado. Tal vez los gritos que escuchamos anoche tengan algún tipo de relación con esta salvajada —concluyó señalando los restos del soldado.*

*Tenían otros motivos más graves de los que preocuparse, por lo que el incidente con el soldado descuartizado pasó a un segundo plano.*

*—¡La caballería!*

*Un mensajero llegó corriendo al lugar donde el cónsul y su alto mando comían de lo poco que les quedaba: Higos secos y pescado salado.*

*—¿Qué ocurre, muchacho?*

*El soldado se inclinó ante su superior como mandaban las ordenanzas militares.*

*—¡Habla! —ordenó Varus temiéndose lo peor.*

*—La caballería ha huido.*

*—¿Cómo dices?*

*—Numonio se ha llevado a sus hombres. Su intención es alcanzar el Rin para reunirse con nuestras legiones acantonadas en la orilla izquierda.*

*—¡Maldita sea! Estoy rodeado de traidores.*

*El cónsul dejó de comer. Se le veía cada vez más abatido. Había iniciado esta campaña buscando la gloria y ahora estaba sufriendo una humillante derrota.*

*—¡Idiotas! No lograrán escapar de este bosque.*

*Las premonitorias palabras de Quintilius se hicieron realidad al día siguiente.*

*El grupo que avanzaba al frente de la expedición vio un objeto en el centro del camino por donde tenían que pasar. Al acercarse comprobaron que se trataba de una cabeza humana clavada en la punta de una pica.*

*Era el jefe de la caballería romana.*

*El pesimismo aumentó entre los supervivientes.*

*"¿Si la caballería no ha logrado superar el cerco, que posibilidades tenemos la tropa de a pie?"*

*Esa noche se repitieron los extraños sucesos, aunque en esta ocasión fue por partida doble: Gritos de angustia y terror, sumados a rugidos de fieras.*

*Los soldados romanos seguían sin comprender qué estaba pasando.*

*—¡El camino está bloqueado!*

*El mensaje fue pasando de hombre a hombre, hasta llegar a los mandos que iban en el centro de la expedición.*

*—Era previsible—comentó Publio con resignación. Como soldado veterano que era sabía que más pronto o más tarde el enemigo actuaria así—. Ahora nos atacarán con todo.*

*Empuñó su espada y se dispuso a vender cara su vida.*

*Poco después llegó el esperado ataque. Surgiendo de la espesura, miles de vociferantes enemigos se abalanzaron sobre ellos.*

*Los dos centuriones dispusieron sus tropas como en la anterior ocasión: arqueros y baleadores (estos últimos lanzaban bolas de plomo con sus ondas) en segunda fila protegidos por la infantería. En esta ocasión el resultado no fue tan efectivo como en la anterior. Los romanos estaban debilitados por el esfuerzo, la falta de alimento y las noches sin dormir, por lo que apenas pudieron oponer resistencia al enemigo, que además era muy superior en número.*

*—¡Nos desbordan! Retrocedamos hasta el bosque.*

*El retroceso acabó convirtiéndose en desbandada general. Buscaron el corazón del bosque con la intención de refugiarse allí, pero de nada les sirvió. Los germanos los persiguieron y los cazaron uno a uno.*

*La expedición al bosque de Teutoburgo se convirtió en una*

*matanza de impredecibles consecuencias. La imperial Roma perdió veinte mil legionarios.*

*Sólo sobrevivieron un puñado de ellos.*

*Los demás fueron masacrados sin piedad. Los que se rindieron fueron sacrificados a los dioses barbaros en altares construidos en el mismo bosque.*

*El poderoso cónsul Quintilius Varus se suicidó arrojándose sobre su espada cuando comprendió que la derrota era inminente. Su cabeza fue enviada al emperador Octavio Augusto, el cual se tomó muy mal la derrota.*

*Cuentan las crónicas de la época que se golpeaba a menudo la cabeza contra una puerta, mientras gritaba:*

*"¡Quintile Vare legiones redde!"*

*Pero Varus jamás podría devolver sus legiones.*

*Desde entonces, y hasta su muerte ocurrida cinco años después de la derrota, recordaría la fecha del desastre con profunda aflicción. El vencedor de Marco Antonio y Cleopatra, sucesor de Julio Cesar y conquistador de medio mundo, sucumbía a manos de unos barbaros.*

*Tres años después envió a su sobrino Germánico al frente de ocho legiones compuestas por cincuenta mil hombres, con intención de castigar a los barbaros y recuperar las águilas de las tres legiones caídas en desgracia (*). Esas águilas eran objetos sagrados para los romanos. Se consideraba una grave ofensa cuando caían en poder del enemigo.*

*Germánico era un gran guerrero. Su popularidad en Roma crecía sin cesar. Muchos pensaban que sería el sucesor de Augusto, pero finalmente fue elegido para el cargo Tiberio, que era su tío.*


*(*) Los números de esas tres legiones, el XII, el XVIII, y el XIX, fueron borrados de la numeración y no volvieron a utilizarse jamás.*

*Consciente del fracaso de su predecesor, preparó una estrategia completamente diferente. En lugar de adentrarse en los intrincados bosques, preparó un contingente naval que navegó por el Rin y sorprendió a los germanos venciéndoles en la batalla de Idistaviso. Recuperó las águilas imperiales y dio sepultura a los caídos en la anterior batalla.*

*La derrota provocó disensiones internas entre las tribus germanas y Arminio fue asesinado por sus propios familiares.*

*En lugar de proseguir su avance y conquistar toda Germania, regresó a Roma por orden de Tiberio. El emperador estaba receloso de los triunfos de su sobrino y prefería tenerlo cerca para poder controlarlo. Fue recibido en olor de multitudes por haber devuelto el prestigio a las legiones romanas, perdido en parte en la batalla del bosque de Teutoburgo.*

*El padre de Calígula y abuelo de Nerón, fue enviado finalmente a Antioquia, donde murió a causa de una extraña enfermedad. Sus amigos dijeron que había sido envenenado por orden de Tiberio.*

*Así se escribe la historia. El héroe de hoy es un estorbo para mañana.*

*Si Germánico hubiera seguido avanzando habría sometido a las tribus rebeldes. Al no hacerlo, Germania nunca perteneció al imperio, ni adoptó sus lenguas y costumbres, aunque no fue debido a la feroz resistencia germana, sino más bien a un asunto de celos entre altos mandatarios romanos. Y lo peor para Roma sucedería siglos después, cuando aquellas tierras sin conquistar se convirtieron en el trampolín que usaron los barbaros para atacar y destruir el imperio romano.*

*Pero ahora dejémonos de historia y regresemos al bosque.*

*Un grupo de supervivientes, entre los que se encontraban*

los dos centuriones, intentaban regresar a las fronteras del imperio. Si llegaban a una de las fortalezas construidas en el límite de ese mismo imperio para protegerse del ataque de los barbaros, estarían a salvo.

La tarea era muy complicada. Sin comida, y rodeados de enemigos por todas partes, sería un milagro si lo conseguían.

En total eran diez, contando a los dos amigos.

Hacía varios días que no se topaban con el enemigo, señal de que se iban alejando del campo de batalla.

—Es posible que mañana estemos a salvo en alguna fortaleza —comentó Publio.

O eso al menos creía...

Aunque se alejaban de sus enemigos humanos, no consiguieron burlar a la bestia que días atrás atacó a los barbaros llevándose la vida de alguno de ellos. Demostraba importarle poco si la víctima era germana o romana. Esa noche atacó, sorprendiendo a dos de los legionarios, a los que devoró las entrañas. Se marchó antes de que sus compañeros pudieran reaccionar y acabar con su vida.

—¿Qué monstruosidad encierran estas tierras salvajes? —preguntó uno de ellos.

—No lo sabemos, pero está claro que viene a por nosotros. Montáremos guardia a partir de ahora.

—Estoy de acuerdo —Cayo apoyó la idea de su amigo.

Esa noche comenzaron las guardias. Los dos centuriones hicieron el primer turno, a pesar de que aquella tarea no les correspondía por su cargo.

Esa noche no pasó nada. La bestia debía de estar saciada de carne humana.

Por la mañana divisaron en el horizonte la cinta azul de un rio. Se encontraban en el alto de una colina desde donde se divisaba todo el valle.

—¡El Rin!

—¡Estamos salvados!

—Lo estaremos cuando lo crucemos —respondió Cayo, sofocando el exceso de euforia que emanaba de sus compañeros.

—¡Oh no!

—¿Qué ocurre?

—Mira…

El soldado señaló hacia el norte en dirección al lugar de donde ellos procedían. Una columna de al menos cincuenta germanos venía en su dirección. Caminaban a gran velocidad. Pronto los alcanzarían.

—Nos están siguiendo.

—¡Vámonos! Esta noche no pararemos a descansar.

Así lo hicieron. Caminaron toda la noche sin permitirse ni un solo segundo de descanso. Cada uno se valía de sus propias fuerzas para seguir adelante.

Marchaban separados y eso les resultó fatal.

La oscuridad de la noche favoreció el ataque.

Los centuriones iban en cabeza cuando la bestia atacó de nuevo. Los dos hombres que cerraban el grupo lanzaron un grito y desaparecieron. Sus compañeros no se detuvieron a comprobar qué les había pasado, pues lo tenían suficientemente claro. Siguieron avanzando hasta el amanecer y entonces se detuvieron, porque eran incapaces de dar un solo paso más. Uno de los arqueros se tumbó en la hierba y les dijo:

—No puedo seguir. Me quedo aquí. Tengo una herida en la pierna que me impide caminar.

—Ya casi hemos llegado. Si te esfuerzas un poco podrás salvarte.

—Llevo días esforzándome al límite y mi cuerpo ha dicho basta.

Publio se agachó y comprobó que era cierto. Un profundo corte en la pantorrilla, producido con algo cortante (una *roca, o la espada de un enemigo) le impedía seguir caminando. Tenía mal aspecto. Con suerte, y si recibía cuidados médicos en las próximas horas, aquel hombre perdería sólo la pierna. Pero para eso tenía que llegar a la fortaleza y no parecía muy probable que lo consiguiera.*

*—Te matarán si te quedas aquí —le dijo el centurión.*

*—Lo sé señor, y no me importa. Prefiero morir luchando que vivir con una sola pierna el resto de mis días —respondió, dando a entender que conocía a la perfección el triste destino que le aguardaba, si por un milagro de los dioses lograba sobrevivir—. He visto mutilados de guerra vagando por las calles de Roma mientras la gente los ignoraba, o incluso los golpeaba para apartarlos de su camino. No quiero acabar así. Con mi arco intentaré detener el mayor tiempo posible a los perseguidores.*

*—Eres un valiente. No te olvidaremos.*

*Se despidieron del valiente arquero y se alejaron.*

*—Lo mejor será que nos dividamos en tres grupos. De esa forma conseguiremos despistarlos con mayor facilidad. Y alguno de los grupos podrá llegar a su destino.*

*—Buena idea.*

*Formaron los grupos.*

*Los dos centuriones se marcharon juntos en busca de la salvación. Caminaron dos días sin apenas detenerse, alimentándose de las escasas reservas que les quedaban.*

*El tercer día caminaban por un páramo que en nada se parecía al bosque que habían dejado atrás.*

*—Nos hemos perdido. Es imposible que no hayamos alcanzado el Rin. Desde la colina se veía muy cerca. A lo sumo dos días de marcha. Llevamos tres y no lo hemos alcanzado.*

*—Tienes razón. Nos hemos desviado hacia el oeste. Caminamos paralelos al cauce del río.*

*—En ese caso será mejor que cambiemos de dirección. Si*

estás en lo cierto pronto veremos la orilla, y entonces podremos cruzarlo para ponernos a salvo de nuestros enemigos.

—¡No tan rápido, amigo! Ese rio es muy ancho. En esta época del año vendrá muy crecido, sobre todo si tenemos en cuenta las lluvias caídas estos últimos días. Necesitaremos todas nuestras fuerzas para poder atravesarlo. Teniendo en cuenta lo poco que hemos comido últimamente no creo que andemos muy sobrados de energías.

—Cierto...

A Cayo se le veía un poco decaído. Parecía una de esas personas que tienen una mala noticia que darte y no saben cómo afrontar el asunto.

Comenzaba a anochecer.

—Lo siento —declaró finalmente.

Su tono era de despedida.

—¿Qué sientes? —preguntó Publio sin acabar de entender a qué se refería su compañero de fatigas.

El otro no contestó inmediatamente. Permaneció pensativo unos instantes.

—Tengo algo que confesarte. Sé que juramos mantener alejado de nosotros el tema de la mujer que conocimos en Palestina.

—¿La qué nos gustaba a los dos?

—¿Acaso había otra?

—Que mereciera la pena recordarla, no.

—Decidimos dejarla para no acabar peleándonos —hizo otra pausa. Sabía que sus siguientes palabras ofenderían a su amigo—. Yo no la dejé.

—¿Incumpliste la promesa que me hiciste?

—Sí. Esa misma noche regresé a su casa y la hice mía.

—¿Y por qué me lo cuentas precisamente ahora?

—Porque es la única forma de que entiendas los extraños sucesos acaecidos estos últimos días.

—¿Las muertes inexplicables?

—Exacto. No quiero que mueras sin saberlo.

—Morir… ¿Por qué voy a morir? Creo que te equivocas. La salvación está muy cerca.

—Aquella mujer era una hechicera. Satisfecha del placer que le di me ofreció algo a cambio. Algo oscuro que acepté al instante: Al caer la noche puedo transformarme en una pantera.

Ahora todo cobraba sentido.

—¡Tú mataste a nuestros hombres!

—No tuve más remedio. En el bosque ataqué a los barbaros para poder alimentarme, pero al quedarnos solos tuve que matar a nuestros soldados para comerme sus vísceras. Necesitaba su carne para seguir adelante. Ahora, y sintiéndolo mucho, sólo quedas tú. Tenía la esperanza de que no fuera necesario utilizarte para sobrevivir, pero si no lo hago, no tendré fuerzas suficientes para poder cruzar el rio. Lo siento. Te recordaré como un buen amigo que dio su vida para salvar la mía.

Cayo se concentró para transformarse en el temible felino.

—¡Espera un momento! —exclamó su amigo—. Yo también tengo algo que decirte.

—Es inútil que supliques por tu vida. No tengo otra opción.

—No voy a suplicar… En todo caso serás tú el que lo haga.

Con parte de su cuerpo afectado por el proceso de trasformación, Cayo no pudo evitar sentir miedo cuando notó la seguridad que trasmitían las palabras de su compañero.

—Yo también te engañé. Después de irte la visité yo. Mis favores le gustaron más que los tuyos. Por eso me dio la posibilidad de convertirme en un animal más poderoso… ¡No pongas esa cara de sorpresa! Debiste sospecharlo. ¿Nunca te preguntaste por qué aparecían dos hombres mutilados a dentelladas, cuando tú únicamente devorabas a *uno?*

*La conversación enmudeció dando paso a una breve lucha, tras la cual se escuchó un terrible rugido. El rey de la selva había impuesto su fuerza…*

—¡Muy buena! —aseguró el pelirrojo cuando el eco de la historia aún perduraba en la sala—. De ella se desprende que nunca hay que bajar la guardia y los que se creen más listos pueden llevarse una buena sorpresa.

—Ahora sí que me voy.

Sullivan se incorporó y notó un ligero mareo.

—Nos hemos pasado un poco con la bebida…

—Nada que dos escoceses de pelo en pecho no puedan soportar debidamente.

—Yo nunca he tenido pecho en el pelo —los efluvios del alcohol le hicieron trastocar la frase, provocando la risa de Rudiger.

—¡Ni yo!

Terminaron riendo como dos idiotas, para mayor sorpresa del resto de clientes del pub.

Salieron al exterior, y cuando se separaron, Rudiger aún reía.

Fue la última vez que lo vio. El recuerdo de aquella sonrisa de su buen amigo lo acompañó hasta la tumba y lo mortificó en vida, ya que siempre se reprochó a sí mismo el error cometido…

# LA MUERTE DE UN AMIGO

"¡Me he dormido!"

Hacía tiempo que había amanecido y Sullivan permanecía acostado.

"Definitivamente nos pasamos con el alcohol..."

En cualquier caso, merecía un pequeño descanso, ya que los acontecimientos que Rudiger y él mismo soportaron en los últimos días los había dejado al borde de la extenuación, tanto física como mental. El asesino estaba a buen recaudo y ningún peligro acechaba a la pequeña ciudad del norte de Escocia.

Cambió radicalmente de parecer cuando unos violentos golpes resonaron en la puerta de su casa.

—¡Inspector! —reconoció la voz de uno de los agentes de la comisaría.

—¡Ya voy, hombre, que vas a tirar abajo la puerta con tanto golpe!

Se vistió apresuradamente y fue a abrir.

—Tiene que venir urgentemente a comisaria.

En el rostro del joven agente vio un pesar infinito y supo que algo grave había ocurrido.

—¿Qué pasa?

—Es Rudiger. Está muerto.

Necesitó apoyarse en el marco de la puerta para no caer y tardó mucho tiempo en recuperarse de la conmoción, para luego seguir como un autómata al agente hasta comisaría.


—No vayas.

El comisario Mortimer lo miraba apenado. Sabía de la buena relación que mantenían los dos inspectores y lo que encontraría en la casa de Rudiger no era plato de buen gusto.

—Tengo que ir. No queda ningún otro inspector para investigar su muerte —miró la taquilla de su compañero y por un instante creyó que no podría contener las lágrimas—. Él lo habría hecho por mí.

—Lo han descuartizado... ¿Quién ha podido ser? Todos pensábamos que el joven demente era el asesino, aunque ya no queda tan claro.

Sullivan estaba impactado y no era capaz de razonar, por eso prefirió no responder nada. Primero tenía que ver a su amigo y luego tranquilizarse antes de sacar conclusiones válidas.

La casa del inspector asesinado estaba acordonada por sus hombres, los cuales mantuvieron un respetuoso silencio cuando lo vieron llegar.

—Quiero expresar en nombre de todos el pesar por la muerte de Rudiger. Era una buena persona —aseguró el sargento Taylor saliendo a su encuentro.

—Gracias, sargento.

—¿Quiere que entre con usted? —se ofreció el veterano, pero Sullivan vio en sus ojos que deseaba que rechazase la oferta y eso fue justo lo que hizo.

—No es necesario, gracias.

Vio el alivio reflejarse en su rostro y se preparó mentalmente para soportar el impacto que sin duda recibiría al entrar en la vivienda de su amigo.

Por mucho que creyera estar preparado para lo que iba a encontrar dentro de la casa, la realidad superó con creces sus peores previsiones. Era poco probable que en un matadero pudiera contemplarse una carnicería como aquella: sangre, vísceras y carne cortada en porciones diminutas. El asesino se había ensañado con Rudiger de una manera cruel y perversa. Lo único que permanecía intacto era la cabeza, aunque más tarde comprobaría que le habían arrancado la lengua y un furor homicida le sobrevino al recordar la amenaza de la dama de negro:
*"Algún día perderá la lengua, inspector"*
¿Pero había sido ella la autora material del salvaje asesinato?
Imposible.
Sorprender a Rudiger no era tarea sencilla y solo podía hacerlo alguien más fuerte o ágil que él.
Enseguida pensó en el joven asesino y en la posibilidad de que hubiese escapado del centro de salud mental. Ya había demostrado tener gran habilidad trepando y descolgándose por las paredes, y si habían descuidado la vigilancia, podía ser el autor del asesinato.
*"Aunque hubiese escapado no le daría tiempo a llegar desde Glasgow hasta aquí para cometer el asesinato"*
Era cierto, pero es que no se le ocurría quién otro podría ser.

Mañana a primera hora se desplazaría hasta allí y comprobaría personalmente que seguía encerrado.

Salió al exterior y volvió a encontrarse con Taylor.

—El juez ya viene de camino —le comunicó este último—. Yo me encargaré de Rudiger cuando su señoría ordene el levantamiento del cadáver.

Recordó que no había cadáver del que encargarse y se mostró consternado.

—Gracias, sargento.

Se marchó a casa, pero esa noche ya no fue capaz de conciliar el sueño.

Al amanecer tomó su caballo y cabalgó sin descanso en dirección a la industrial ciudad.


—Me temo que tendrá que buscar a otro sospechoso, inspector —respondió la directora cuando explicó el motivo de su visita —. El chico no se ha movido de su habitación. Ni siquiera ha accedido a salir al patio como los demás internos. Tiene mentalidad infantil y se distrae con juegos muy simples, como situar las piezas geométricas en su orificio correspondiente.

—¿Está segura? A mi compañero (dolor en el alma y una sensación de pérdida irreparable le asaltó) lo golpeó salvajemente y de haber tenido un arma lo habría matado.

—Desde luego que no parece la misma persona. Véalo usted mismo.

Lo llevó a una habitación cercana y Sullivan vio a un joven afanarse en colocar las piezas antes descritas. Iba limpio y le habían cortado el pelo, dejándole una media melena, por lo que, en efecto, no parecía el mismo salvaje que trató de morder a Rudiger.

—Este señor ha venido a verte.

La directora le habló, el chico levantó la cabeza, lo miró con indiferencia y continuó seleccionando figuras.

Sullivan observó que la ventana estaba enrejada.

—¿Las del piso de arriba también tienen rejas?

—Sí señor —respondió ella y salieron al corredor—. Nunca ha escapado un interno. Somos plenamente conscientes del grave peligro que corre la sociedad y siempre extremamos las medidas de seguridad.

El inspector asintió, imbuido en sus propios pensamientos, ya que debía descartar al hijo de Lilian y comenzar a investigar desde cero. Y la verdad es que no sabía por dónde empezar. Tenía claro que la dama estaba detrás del asesinato de su amigo, pero no tenía ni idea de quién podía ser el autor material del desmembramiento. Realmente solo quedaban sus dos hermanastros, pero si aquellos dos pobres infelices habían sido capaces de cometer semejante salvajada, la percepción de las cosas que tenía hasta el momento quedaría rota en mil pedazos y su intuición policial pasaría a mejor vida.

Antes de abandonar el sanatorio mental pidió ayuda a una excelente profesional, como sin duda era aquella mujer que había conseguido llegar a directora en un mundo hecho para favorecer el ascenso de los hombres, y que a la postre le ayudaría a resolver el enigma.

—¿Qué explicación tiene el cambio en el comportamiento mental del joven?

—Pueden ser varias las posibilidades, pero me inclino a pensar que su mente se ha liberado del férreo control al que la sometía una segunda persona.

—¿De su madre?

Ella se mostró sorprendida por la pregunta.

—¡Claro que no! Esa mujer no tiene la capacidad de imponer nada, algo que solo puede hacer una mente fría y calculadora.

—Su tía... —aseguró Sullivan, recordando que esa era la mejor definición posible para la señora de la casa.

—Lo dudo. Según he leído en el informe, ella no convivía con su hermana y sobrinos —pensó un instante—. Además de su hermana gemela, ¿tiene más hermanos?

—No.

La directora se mostró contrariada.

—Pues entonces no puedo ayudarle. Pensé que tal vez había alguien más en la parte de la casa tabicada, que quizás resultase herido y lo hayan internado en el hospital.

—No había nadie más allí.

Fue decirlo y un sudor frío comenzar a perlarle la frente, ya que en realidad no habían registrado a fondo la casa, sobre todo esa parte tabicada. Dieron por sentado que los ocupantes habían salido todos al abrir la puerta.

¿Y si había alguien más?

¿Alguien lo suficientemente maligno para desmembrar a su amigo, y listo para mantenerse oculto?

Continuó escuchando a la directora, pero ahora las piernas le temblaban.

—Ese tipo de patologías suelen asociarse al miedo que nos impone un hermano mayor, al que tememos y admiramos a la vez, con la necesidad constante de agradarlo y querernos parecernos a él. Imagine que está todo el día encerrado a oscuras con alguien que te llama cobarde y te obliga a odiar, aunque no quieras. Finalmente acabas haciéndolo, aunque solo sea para librarte del continuó machaqueo mental al que te someten, pero si dice que no hay más hermanos...

Sullivan seguía conmocionado ante la posibilidad de que existieran una cuarta persona encerrada en el ala norte de la mansión y por ese motivo le costaba tanto razonar. Cuando lo hizo y encontró la respuesta, se sintió culpable de la muerte de su compañero, por no haberse percatado antes de la terrible evidencia, que ahora veía con total nitidez.

*"Hay que saber interpretar las palabras..."*

Les dijo la dama al salir del juicio y ahora encontraba explicación a la extraña frase, recordando un retazo de anteriores conversaciones.

*"Mi hermana tuvo dos embarazos..."*

Y él calculó automáticamente: dos embarazos=igual a dos hijos... ¡Pero es que esos dos hijos que él conocía eran gemelos y habían formado parte del mismo embarazo!

Parecía evidente que Lilian tuvo un tercer hijo, lo que confirmaría ese segundo embarazo.

—¿Se encuentra bien, inspector?

La directora lo miraba preocupada, al ver ese rostro pálido y las evidentes muestras de debilidad que ofrecía el policía.

—No —reconoció, pues de nada servía mentirle a una profesional de los sentimientos y emociones.

Se despidió, fue a por su caballo, y emprendió el regreso a toda velocidad.

Su destino, una vez más, era la mansión.

Era martes, pero ninguna fuerza de este mundo impediría que entrase...

Ella sabía que vendría.

Ese inspector no era tan tonto como el otro, y solo era cuestión de tiempo que atase cabos y descubriera la verdad.

Vendría, sí, pero lo estaría esperando y correría la misma suerte que su compañero bocazas...

Sullivan desmontó casi en marcha, y se dirigió a grandes zancadas hacia la puerta de la mansión, que sorprendentemente estaba abierta, algo incomprensible, pues una vez superado el espejismo del cálido día en que descubrieron el tabique en la ventana, la niebla y el frío volvían a recuperar el espacio momentáneamente perdido.

—Adelante, inspector.

Una voz de mujer le habló desde un punto situado a su derecha. Estaba sentada en un butacón, rojo como la sangre vertida por su amigo, y parecía una reina en su trono sangriento.

—Lo estaba esperando. ¿Cómo es que viene solo?

El tono irónico que empleaba evidenciaba toda la maldad que llevaba dentro.

*"Sabe que Rudiger ha muerto"*

Algo verdaderamente inexplicable si tenemos en cuenta que vivía completamente desconectada del exterior. No podía saberlo, a menos que ella hubiese enviado al asesino.

—¿Dónde está? —preguntó el policía, conteniendo a duras penas la necesidad de sacar su pistola y vaciar el cargador.

Avanzó en dirección a la escalera, con intención de registrar a fondo el ala de la casa tabicada, algo que debió hacer en su momento y ahora Rudiger seguiría con vida.

—¿Qué modales son esos? —le reprochó ella, sin abandonar en ningún momento el tono irónico—. Yo no entraría de esa forma en casa ajena. Oliver puede enfadarse si accede a sus dominios sin permiso. Ya ha comprobado lo violento que puede llegar a ser mi sobrino mayor.

Acababa de confirmar la existencia de un tercer hijo de Lilian y lo más abominable: sabía que ese tal Oliver había descuartizado a su compañero.

Puso un pie en el primer peldaño y se juró a sí mismo, que pasase lo que pasase, aquella mujer no saldría viva de la casa.

*"Se acabaron las farsas de juicios"*

Esta vez sería él quien dictase sentencia.

Se disponía a subir cuando ocurrió algo que no esperaba: Alice se incorporó con extraordinaria velocidad y corrió en su dirección, entre un revoleo de ropas negras como el rostro de la muerte.

—¡No le permito que suba!

Comenzó a golpear con ambos puños su pecho, en infantil

arrebato de histeria.

De haber tenido un segundo para pensar habría llegado a la conclusión de que una persona fría y calculadora como ella, que nunca pegaba puntada sin hilo, no reaccionaría jamás de esa manera tan histérica.

La apartó a un lado sin contemplaciones y continuó subiendo por la escalera.

Si hubiese visto la sonrisa que se dibujó en el rostro de Alice habría comprendido, que una vez más, estaba cayendo en su juego demoniaco.

Ascendió rápidamente hasta el piso superior, donde un único farol iluminaba escasamente el entorno. Al frente tenía la puerta que comunicaba con el ala tabicada y hacia allí dirigió sus pasos, pero no pudo llegar, porque se abrió para dar paso a una abominación indescriptible: un ser deforme, con piernas y brazos más largos de lo normal, la boca torcida en un rictus macabro, completamente calvo y dejando a la vista parte del cráneo hundido, posiblemente debido a un golpe en la cabeza recibido en su niñez. Le faltaba una oreja y la herida era reciente.

¿Se la arrancó Rudiger en un intento desesperado por defenderse?

Iba desnudo de cintura para arriba y llevaba el torso embadurnado de grasa, lo que llevó al inspector a sospechar que se trataba de otra burla de la dama.

*"Es grasa de cerdo o vaca, como la que provocó la rebelión de los cipayos"*

Pero todo lo comentado con anterioridad era simple anécdota si lo comparamos con lo que llevaba en las manos: dos grandes machetes gurkas, que manejaba con extrema habilidad, temibles por su longitud y curvatura. Se movían tan rápido que apenas eran dos sombras borrosas.

*"Ha practicado mucho"*

¿Qué otra cosa podía hacer allí encerrado?

Abrió la boca y Sullivan se sintió desfallecer cuando vio dos lenguas en lugar de una. Acababa de encontrar la que le arrancó a Rudiger.

El ser deforme se acercó lentamente, saboreando el momento en que destrozaría al segundo inspector, pero a este no iba a pillarlo desprevenido como al pelirrojo.

Sullivan lo vio venir y echó mano de su pistola. Un par de tiros y aquella mala bestia asesina sería historia.

*"¡No está!"*

El pánico le apretó las entrañas al comprobar que la cartuchera estaba vacía.

*"¡Es imposible!"*

Siempre que salía de casa comprobaba que la llevaba y esta mañana no fue una excepción.

Entonces solo había una explicación posible.

Lo supo cuando escuchó una siniestra carcajada a su espalda.

—¿Busca esto, inspector?

La dama la tenía en la mano y le apuntaba con ella.

*"¡Me la ha quitado cuando ha hecho la pantomima de golpearme!"*

Tenía que haber imaginado algo así.

En cualquier caso, ya no tenía remedio. Si se enfrentaba al asesino lo destrozaría con los machetes y si intentaba escapar hacia la escalera, ella le dispararía. Nadie sabía que estaba allí y si hacían desaparecer su cuerpo, desmenuzándolo como al pobre Rudiger, jamás lo encontrarían.

Solo podía hacer una cosa, y la hizo: se movió con rapidez, no hacia la escalera, y mucho menos al encuentro del monstruo, cogió el farol apoyado en una repisa y lo arrojó con todas sus fuerzas contra el sobrino mayor de la dama. El cristal se hizo añicos, liberando la llama, que prendió rápidamente en la grasa que llevaba untada en el cuerpo, convirtiéndolo en una antorcha. Se escuchó un rugido de rabia y el ser deforme se lanzó en su dirección, dispuesto a matar antes de morir. El dolor debía de ser insoportable y una pestilencia a carne quemada lo envolvió todo, aunque no se detuvo y trató de ensartarlo con los machetes. Incluso cuando los globos oculares le estallaron, siguió golpeando a ciegas.

Sullivan vio el horror pintado en el rostro de su tía, que lo miraba todo paralizada, aunque era consciente de que no tardaría en reaccionar y usaría la pistola contra él, por lo que se movió con rapidez, y agarrándola del brazo, la lanzó contra la antorcha viviente. Chocaron como dos peonzas dislocadas y las llamas prendieron en su pelo y en la falda. La dama lanzó un grito de agonía, que murió en su garganta cuando su sobrino le cercenó la cabeza de un machetazo, creyendo que por fin había encontrado al policía.

El fuego se extendió rápidamente por el suelo de madera y en pocos minutos la casa entera ardía por los cuatro costados, mientras el inspector se alejaba, llevando a su caballo de las riendas. Aún pudo ver a los dos hombres que dormían en los establos mirar impertérritos el avance de las llamas, tal vez imaginando que la grasa que dio inicio a una terrible matanza fuera la causante de la destrucción de la mansión de los Daglish.

En uno de los árboles cercanos, un grupo de cuervos también observaban fijamente el incendio, y solo emprendieron el vuelo cuando la casa quedó reducida a cenizas, muchas horas después...

*Almansa* 2022

# El viento del diablo: cuando los británicos ejecutaban a los cipayos con cañonazos a bocajarro

Los británicos, en su papel de conquistadores de medio mundo durante siglos, siempre han tenido un extenso catálogo de métodos de ejecución para sofocar rebeliones y mantener la unidad del imperio. Y entre ellos destaca por su crudeza el conocido como **"Blowing from guns"**, un sistema de pena capital en el que la víctima solía atarse a la boca de un cañón para después dispararle a bocajarro.

Este método de ejecución se hizo famoso por usarse con profusión durante la rebelión india de 1857, también conocida como la "Rebelión de los Cipayos". Debido a la forma sangrienta en que esta rebelión se inició, y la violencia indiscriminada desatada contra los europeos (por ejemplo, en la matanza de Kanpur, que incluyó la masacre de civiles), los británicos **consideraban justificado** el uso de similares tácticas para infundir venganza y, sobre todo, respeto.

Aquí están los comentarios sobre el libro de la prensa especializada y grupos de opinión:

**"Este escritor es lo más parecido a King que encontraréis: también lleva gafas y tiene dos patas (Alpedrete Times)"**

**"¡AVISO DE SPOLIER! Salen dos que no parecen lo que son, pero son lo que parecen, la mala es muy mala, un malo que es peor y dos que pasan por allí y no se sabe muy bien lo que pintan" (La Razón de Torremolinos)"**

**"Si lees este tostón y buscas debajo de la cama igual encuentras los calzoncillos de Drácula... (Le Journal de Villabotijos de Arriba)"**

**"Almodóvar fue el primero en comprar esta novela para regalársela a su suegra (El heraldo de Alcorcón)"**

**"¡Que alguien le pegue un cañonazo a este tío! (Asociación de lectoras empedernidas de Vallecas)"**

**"Si entusiasmada estás leyendo crímenes, misterio e intriga y de repente aparecen dos centuriones y una cabra, no sorprenderte debería, pues no más luces tiene este tipo (El Maestro Yoda de Cádiz)"**

**<¡Ya dije que era para rellenar!>**

**"De serrín tu cabeza tendrían..."**

www.ingramcontent.com/pod-product-compliance
Lightning Source LLC
Chambersburg PA
CBHW071932120726
48001CB00005B/1951